Diogenes Taschenbuch 24389

de
te
be

TIM KROHN, geboren 1965 in Nordrhein-Westfalen, wuchs in Glarus in den Schweizer Alpen auf und lebt als freier Schriftsteller in Santa Maria im Münstertal. Seine Romane *Quatemberkinder* und *Vrenelis Gärtli* sind Kultbücher. Für sein Schaffen wurde er unter anderem mit dem Conrad-Ferdinand-Meyer-Preis ausgezeichnet.

Tim Krohn

Nachts in Vals

Diogenes

Die Erstausgabe erschien 2015 im Galiani Verlag, Berlin

Veröffentlicht als Diogenes Taschenbuch, 2017

Diogenes Verlag AG Zürich
www.diogenes.ch
10/18/852/3
ISBN 978 3 257 24389 5

Für Annalisa und Peter,
die die Seele des Hauses waren

Strahlende Nacht

Jlien Meinhard hatte schon immer schnell gefroren, doch seit sie wusste, dass sie schwanger war, hörte die Kälte gar nicht mehr auf. Sie hatte im Jahr davor die Zürcher Schauspielschule abgeschlossen, hatte ein Debütantinnenjahr am Essener Schauspiel hinter sich, aber ihr Vertrag war nicht verlängert worden. Das wunderte sie nicht, sie hatte in jenem Jahr viel Liebeskummer gehabt und schlecht gespielt. Jlien Meinhard war fein von Gestalt, sie hatte große, kindliche Augen und trug das Haar zum Bubikopf geschnitten. Sie war an der Schauspielschule die Frau gewesen, die jeden hätte haben können und die keinen wollte, weil sie sich selbst noch nicht als Frau sah.

Erst im letzten Schuljahr hatte sie eine komplizierte Beziehung zu ihrem Sprecherzieher Urs begonnen, der mehr als doppelt so alt war wie sie, ein brachialer, unreifer Mensch zwar, doch er war auch doppelt so schwer, und sie liebte es, in seinen Armen zu versinken. Allerdings war er bekannt für seine Affären, und kaum war Jlien nach Essen abgereist, schlief er mit einer Regiestudentin aus dem ersten Jahr. Das hinderte ihn nicht daran, Jlien eifersüchtig nachzustellen, nachts rief er alle paar Stunden an und raubte ihr den Schlaf, dabei erschöpfte sie die Arbeit am Theater so sehr. Doch auch Jlien fiel es schwer, Urs hinter sich zu lassen. Als sie nach Spielzeitende das Zimmer in Essen aufgab und nach Zürich zurückkehrte, drängte sich eine Entscheidung auf. Jlien wollte bei ihm einziehen (vorübergehend schlief sie in ihrer alten WG auf dem Sofa), doch Urs fürchtete ihre Kontrolle. Nach heftigem Streit trennten sie sich Mitte Dezember, zehn Tage später stellte sie fest, dass sie schwanger war. Und seither fror sie.

Im Thurgau lebte noch ihre Mutter, sie arbeitete als Bürofachfrau in einer Möbelfabrik. Für die Feiertage fuhr Jlien zu ihr, sie feierten wie stets ein stilles Weihnachtsfest zu zweit. Jliens Vater, ein deutschstämmiger Südafrikaner, war nach Kapstadt zurückgekehrt, als Jlien sechs war, sie hatte keine Geschwister (ihr kleinerer Bruder war als Dreijähriger mit dem Dreirad tödlich verunglückt).

Doris Meinhard war eine schweigsame Frau, und obwohl sie zweifellos gemerkt hatte, dass ihre Tochter aufgewühlt war, wartete sie, bis Jlien von sich aus erzählte. Und auch danach sagte sie nur:

»Fahr mit mir nach Vals, in der Therme wird dir wieder warm.«

Anfang Januar fuhren sie, doch Jlien fröstelte selbst im Feuerbecken. Sie teilten sich ein Zimmer im Haus Selva, zweimal täglich gingen sie ins Bad, zweimal täglich aßen sie, das Mittagessen ließen sie aus, stattdessen tranken sie in der Hotellounge Kaffee. Die übrige Zeit saß Jlien auf dem Bett, die Knie unters Kinn gezogen, sah in die verschneiten Lärchen vor dem Fenster und hörte dem Klicken der Nadeln zu, denn Doris Meinhard saß am Tisch und strickte. Beide schwiegen. Erst am Nachmittag des dritten Tages fragte Jlien irgendwann: »Was muss ich tun, um abzutreiben?«

»Ich weiß es nicht«, sagte ihre Mutter. »Ich will es auch nicht wissen.«

»Mit Kind kann ich die Schauspielerei vergessen«, sagte Jlien. »Und ich bin viel zu jung für ein Kind.«

»Ich war auch vierundzwanzig«, sagte Doris, nachdem sie Maschen gezählt hatte.

»Und was ist aus dir geworden?«, sagte Jlien.

Darauf sagte ihre Mutter nichts.

»Ich kann kein Kind allein großziehen«, sagte Jlien. »Ich brauche einen Mann.«

»Ich helfe dir«, versprach ihr Doris. »Und so, wie du aussiehst, findest du auch mit Kind noch einen guten Mann.«

»Du hast auch keinen gefunden«, sagte Jlien.

»Ich habe keinen gesucht«, sagte Doris.

In der Lounge bestellte Jlien Latte macchiato mit einem doppelten Espresso. »Vielleicht kurbelt das den Kreislauf an«, sagte sie, »und sieh mich nicht so an. Ich brauche keine Rücksicht zu nehmen, ich werde dieses Kind nicht kriegen.«

»Teilen wir uns ein Stück Kuchen?«, fragte Doris nur. Das fragte sie jeden Nachmittag, doch sie bestellten nie Kuchen.

Die Nächte waren lang, denn Doris Meinhard träumte stets heftig, und Jlien lag schlaflos auf dem Rücken, musterte die Schatten an der Decke und fühlte das Fremde, das in ihr nistete und alle Wärme raubte. In der dritten Nacht schrie Doris mehrmals im Schlaf, sie träumte noch oft von jenem Unglücksfall, und schließlich kleidete Jlien sich wieder an – der Kälte wegen hatte sie sich nur halb ausgezogen –, verließ das Haus Selva und machte sich auf den Weg ins Dorf.

Die Straße war zwar geräumt, doch nur vom Neuschnee, darunter lag eine glatte, harte Schneeschicht, auf der man leicht ausglitt. Jlien versuchte, mit Anlauf zu rutschen, doch dafür hatten ihre Schuhe zu viel Profil, stattdessen warf sie Schneebälle, bis der Schnee in Klumpen an den Strickhandschuhen klebte.

Es war eine ausgesprochen klare Nacht. Tagsüber hatte es Flocken geschneit, die fein waren wie Glitter, nun hatte sich der Himmel aufgetan, doch hinter den elektrischen Weihnachtssternen an den Straßenlampenmasten erahnte sie die echten Sterne nur. Während sie über die Brücke ging, glitt sie aus, doch es gelang ihr, sich aufzufangen. »Gelernt ist gelernt«, sagte sie, dachte an den Akrobatikunterricht und sehnte sich danach, wieder auf der Bühne zu stehen. Gleich verstärkte sich das Gefühl im Unterleib.

Sie hatte Angst vor der Abtreibung, die sicherlich schmerzhaft sein würde, und begann nach Zeichen zu suchen, die ihren Entschluss bestätigten. In einem Schaufenster stand die Weihnachtskrippe, das war, entschied sie, kein Zeichen. Die Taschenmesser daneben sahen schon mehr nach Zeichen aus. Beim Dorfbrunnen trank sie schneidend kaltes Wasser aus der hohlen Hand, eine Marienstatue mit Kind schmückte die Brunnensäule. War das ein Zeichen? Eher war ein Zeichen, dass der Schnee das Jesuskind fast ganz verschwinden ließ, nur ein fettes Unterärmchen und das Kinn nicht.

Etwas weiter dorfaufwärts hörte sie ein Bimmeln, das klang wie das Weihnachtsglöckchen in ihrer Kindheit, es kam aus einem Ziegenstall. »Hallo, Ziegen«, sprach sie in die Finsternis und sorgte im Stall für Aufregung. Es rumpelte, sie hörte ein sonores Meckern und dann ein dünnes, herzerweichend helles »Mäh«.

»Ein Frühchen«, dachte sie, »das überlebt die Kälte nicht.« Dann fiel ihr ein, dass es zu Ostern sowieso geschlachtet würde, auch Doris briet fast jedes Jahr ein Osterzicklein.

Doch all das waren keine klaren Zeichen. »Gib mir ein Zeichen«, befahl sie dem Himmel, während sie die Dorfstraße verließ, und setzte sich abseits auf einen Schneehaufen. Der Mond stand als scharfe Sichel über dem Grat des Piz Tomül. Sie malte sich aus, wie ihr mit einer solchen Sichel der Fötus aus dem Leib geschnitten würde, danach wäre sie wieder das unschuldige Kind, das sie bis vor vier Wochen gewesen war, ein Kind, das Wärme, Geborgenheit, Schutz verdient hatte.

Dann kam am Grat des Piz Tomül Wind auf, er blies den Schnee zu Schwaden auf, die den Mond verhüllten, und Jlien staunte, wie tiefschwarz der Himmel sich wölbte. Darin stand eine Flut von Sternen, allein die schiere Menge war unfassbar. Dazu waren sie nicht einfach gelb, wie Jlien sich Sterne bisher gedacht hatte, sie sah, dass es goldene, weiße und grüne gab, stahlgraue, blaue und gar rötliche. Es gab fette, unverrückbare und ganz feine, zittrige, die vielleicht eben erst erglommen oder bereits erloschen. Sie entdeckte, dass die Masse der Sterne Struktur hatte, sich verdichtete zu einer Brücke oder einem Pfad, der sich vom Piz Tomül bis hin zum Dachberg spannte, und sie begriff, dass sie die Milchstraße sah. Sie war davor nie auf den Gedanken gekommen, dass es die geben könnte, sie kannte sie nur aus einem Kinderbuch, das ihr Vater ihr vor sehr langem vorgelesen hatte, *Peterchens Mondfahrt*.

Gleich war alle Erinnerung wieder da, die Sternchenwiese mit den tausend Stühlchen, auf denen die Sterne saßen, deren jedes die Aufgabe hatte, ein Menschenkind sein Leben lang zu schützen und ihm Glück zu schenken. Die Weihnachtswiese mit den Pfefferkuchenbäumen, mit einer Marzipanschweinezüchterei und Wegen aus Krachmandelkies. Vor allem aber die Kette winziger Sternenkinder, die noch kein Menschenkind beschützen durften und die doch schon heimlich zur Erde hinabschielten, weil – wer weiß? – vielleicht gerade ein Kind geboren wurde, das eben doch ganz dringend einen Glücksstern brauchte …

Und ebenda sah Jlien in einer abgelegenen Himmelsecke, in der kaum Sterne standen, einen ganz scheuen, der zwinkerte und flackerte und derart winzig war, dass er immer wieder verschwand. Das war das Zeichen, daran zweifelte sie keinen Augenblick, das war das Sternlein ihres ungeborenen Kindes, das gewiss in ihrem Bauch nicht anders mit dem Leben kämpfte. Und schon konnte sie nicht mehr begreifen, wohin sie sich die letzten Wochen verrannt hatte, schon konnte sie nur noch denken, dass das Kind dringend ihre Wärme brauchte, dass sie es beschützen und lieben musste und dass dies und nichts sonst ihre Aufgabe war.

Als sie auf dem Rückweg zum Hotel wieder zu rutschen versuchte, sah sie sich schon mit dem Kind um die Wette schlittern. Sie roch den Ofen einer Bäckerei und stellte sich vor, wie sie mit dem Kind Pfefferkuchen backen würde.

Sie setzte sich in den Speisesaal, lange bevor das erste Personal kam, sie hatte vieles zu denken. Auch Doris kam früh, das Buffet wurde erst aufgebaut. Dem Kellner, der sie an den Tisch begleitete, sagte sie: »Bringen Sie mir doch bitte dasselbe«, und zeigte auf Jliens Latte macchiato.

»Auch ohne Koffein?«, fragte der Kellner, und Doris nickte nur. Dann, nachdem er gegangen war, brach sie in Tränen aus.

»Ich wusste nicht, dass es dich so beschäftigt«, sagte Jlien, während sie zuließ, dass Doris ihre Hände fasste, sie küsste und das tränennasse Gesicht darin verbarg.

Doris lachte nur, sah auf und schüttelte den

Kopf, dann betrachteten sie einander, als müssten sie sich neu kennenlernen.

»Du hast endlich mal Farbe im Gesicht«, stellte Jliens Mutter fest.

»Mir ist auch warm«, sagte Jlien, »und hungrig bin ich.« Sie befreite ihre Hände, stand auf und ging zum Buffet. »Wenn es da ist«, sagte sie, als sie an den Tisch zurückkehrte, »glaubst du, Papa kommt dann mal vorbei?«

»Ich weiß es nicht«, sagte Doris nur, »ich weiß es wirklich nicht.«

Danach schwiegen sie wieder, und jede ging ihren Gedanken nach.

Heilige Nacht

Lise Lavoisier war früh Mutter geworden, sie war alleinerziehend und gönnte sich nicht viel. Die kleine Reise in die Berge hatten Bürokollegen und ihr Professor ihr zum achtundzwanzigsten Geburtstag geschenkt, Lise Lavoisier war Sekretärin am Romanischen Institut der Berner Universität. »Ein Wochenende für zwei, damit du mal auf andere Gedanken kommst«, hatten sie gesagt. Frivolere Gedanken meinten sie gewiss, denn das Hotel war eines für Liebende, nicht für Familien. Lise Lavoisier hatte aber weder einen Liebhaber noch Geld für einen Babysitter, daher buchte sie um, drei Nächte im Einerzimmer mit Kinderbett. Sie meldete Marlette vom Hort ab und nahm sie auf die Reise mit.

Marlette war nicht ganz vier, sie war noch nie in einem Hotel gewesen, und sie liebte alles: das große Bett (denn auch das Einerzimmer hatte Doppelbett, und natürlich schloss Marlette gleich kategorisch aus, im Kinderbett zu schlafen), den Plüschteppich und ganz besonders die Nachttischlampe, die nach unten strahlte und nach oben ein ganz mattes tiefblaues Licht abgab, das Maman ›apothekerblau‹ nannte. »Das machen wir die ganze Nacht nicht aus«, rief Marlette und überhörte Mamans Stöhnen, »das ist so schön!«

Auch die Lampen im Salon begeisterten sie, denn obwohl erst Herbst war, schienen sie aus abgesägten Eiszapfen und nassem Schnee zu sein und hingen in Nischen aus richtigem Gold. Allerdings musste sie insistieren, bis ein Kellner und Maman ihren Tisch so verschoben, dass sie nicht erschlagen werden konnten. Dass man unter Eiszapfen nicht stehen bleiben darf, schon gar nicht sitzen, hatte sie letzten Winter gelernt und sich sehr wohl gemerkt.

Das Personal war ausgesprochen nett, Marlette verwirrte es nur etwas, dass niemand Schuhe mit Schnürsenkeln trug. Alle hatten welche mit Schnallen oder Klettverschluss, so wie sie an ihren Schühchen, dabei hatte Maman stets behauptet, es gehöre zum Erwachsenwerden, dass man Schuhe mit Schnürsenkeln trug. Als ein Kellner merkte, dass sie tuschelten, und Maman ihm sagte, worüber, sagte er, er trage solche Schuhe, damit die paar Kinder, die zu Gast ins Hotel Therme kämen, sich nicht ganz so fremd zu fühlen brauchten. Das fand Marlette schon toll, und richtig zum Verlieben fand sie ihn, nachdem sie ihn aufgeklärt hatte, dass der rote Teppich im Salon zwar wunderschön war, nur nicht praktisch, weil man darauf jeden Fleck sah, und ihm riet, einen gemusterten zu kaufen wie sie für ihr Kinderzimmer (nach einem Streit mit Maman, weil auch Marlette einen roten, unifarbenen gewollt hatte) – worauf sich der Kellner doch in der Tat vor ihr verbeugte, für die Anregung dankte und versprach, sie an die Direktorin höchstpersönlich weiterzuleiten.

Was Marlette nicht gefiel, war das Essen. Von all den tausend Dingen schmeckte nur der Blumenkohl, den gar nicht sie bekommen hatte, sondern Maman, und den sie auch nur mochte, weil er mit fetten Semmelbröseln garniert war wie bei Omama. Besonders enttäuschend war der Nachtisch, denn ein ganzer langer Tisch war voll davon, von allem durfte man sich nehmen, doch alles hatte Alkohol oder schmeckte sonst verdorben, nicht einmal die süße Sahne war so süß, wie süße Sahne sein muss. Der nette Kellner brachte ihr dann immerhin die Zuckerschale (zwei volle Zuckerschalen, um genau zu sein), denn Maman hatte ihr erlaubt nachzusüßen, so viel sie wollte, und danach aß sie dann doch wenigstens drei Teller Sahne.

So wunderbar fand Marlette es in »ihrem« Hotel, dass sie nicht mal protestierte, als Lise Lavoisier verkündete, sie stecke sie ins Bett, lege eine Bibi-

Blocksberg-CD ein, stelle das Gerät auf endlos und gehe noch auf einen Sprung ins Bad. Dass Marlette im Hotel nicht baden durfte, hatte Maman ihr schon während der Anreise erklärt, und Marlette fand das gar nicht schlimm, sie badete auch zu Hause nicht gern. Und ganz allein im großen Bett zu liegen, das apothekerblaue Licht vor Augen, mit Bibi Blocksberg (die sie jeweils lauthals mitsprach), fand sie herrlich.

Obwohl Marlette sich vorgenommen hatte, wach zu bleiben, bis Maman zurück war, schlief sie ein. Als sie erwachte, lag Maman schon neben ihr und schnarchte, das blaue Licht war ausgeknipst. Marlette liebte es, wenn Maman schnarchte, nichts in der Welt war gemütlicher, und leider war es sehr, sehr selten, denn meist schlief Maman gar nicht, wenn Marlette in ihrem Bett lag, sondern schimpfte pausenlos, weil Marlette im Schlaf zappelte und ausschlug.

So beschloss Marlette, Maman nicht zu wecken, als sie merkte, dass sie zur Toilette musste. Maman hatte offenbar den Vorhang vor dem großen Fenster wieder geöffnet, den das Zimmermädchen zugezogen hatte, als sie essen waren. Der Berg schimmerte wie silbern, auch die Luft draußen war hell und flimmerte. Marlette sah genug, um aufzustehen, ohne Licht zu machen, und war stolz auf sich, als sie allein aufs Klo ging.

Dummm war nur, dass sie die falsche Tür erwischte, statt im Badezimmer landete sie im Flur. Im Halbschlaf war sie sich auch plötzlich nicht mehr sicher, ob im Bad ein Klo war oder nur die Wanne und das Becken, zu Hause hatten sie das Klo auch separat. Dafür erinnerte sie sehr genau, dass unten beim Salon Toiletten waren, dort war sie nämlich schon gewesen und traute sich auch zu, vom Salon aus den Weg dorthin zu finden. Nur der Salon war schwer zu finden. Die Treppe hatte Marlette schnell entdeckt, doch die war irgendwann zu Ende, und da war überhaupt noch kein Salon. Die nächste Treppe führte wieder ganz woanders hin.

Sie schöpfte Hoffnung, als sie es fern plätschern hörte: Wo es plätscherte, war meist das Klo. Zumindest in der Krippe war das so, dort war der Spülkasten nicht dicht und plätscherte den lieben langen Tag. Sie hörte auch Musik – die Art Musik, die Maman »Gedröhn« nannte –, und schön warm wurde es. Sie hatte daher auch keine Angst und spazierte weiter dem Plätschern entgegen, an großen, hageren Männern vorbei, die den Boden wienerten, in einer fremden Sprache redeten und derart fleißig bei der Arbeit waren, dass sie sie einfach übersahen. So kam Marlette ganz unbemerkt zu einem sonderbaren Zimmer mit nichts als Spiegeln, Hockern und Föhnen und anderen Zimmern mit Bänken und

Schränken. Dahinter lag ein Schwimmbecken, dann kamen Duschen, Liegen, noch mehr Liegen. Ganz viele Dinge fand sie, nur das Klo nicht, dabei musste sie jetzt dringend.

Dann sah sie aber eine Tür, die offen stand und raus ins Freie führte. Nun sah sie auch, dass Schnee fiel – das also war das Silberne! Und draußen lag ein zweites Schwimmbad, es dampfte unter freiem Himmel und sah geheimnisvoll und wunderschön aus, ganz wie ein Bad, in dem sich Bibi Blocksberg baden würde. Und weil ihr einfiel, dass es drinnen zwar verboten ist, ins Bad zu pinkeln, nicht aber draußen (sie hatte auch schon in den Genfersee gepinkelt, als sie mit ihrer Omama dort badete), stieg sie ins Becken, setzte sich – auf den Stufen konnte man schön sitzen – und war sehr erleichtert, dass sie endlich pinkeln konnte. Danach fand sie es so nett im Wasser, dass sie gar nicht mehr verstand, warum sie nicht gern badete. Müde war sie auch, schließlich war sie lange unterwegs gewesen. So beschloss sie, noch zu bleiben.

Als Marlette erwachte, war es warm und weich und trocken, sie fand sich in dicke Tücher gewickelt am Busen einer breiten, runden Frau, und viele Leute gafften. Fast hätte sie Angst bekommen, da kam aber schon Maman gerannt mit nichts an als dem viel zu großen Bademantel vom Hotel, der nicht mal richtig zu war, riss sie der Frau aus den Armen, drückte sie ganz fest und tastete sie ab, als wäre Marlette etwas, das kaputtgehen konnte. Dazu weinte, schimpfte, lachte sie, alles miteinander, und vor allem nannte sie sie Marie-Arlette, was fast nie vorkam, außer etwas war sehr schlimm oder furchtbar feierlich.

Erst erinnerte sich Marlette nicht mehr, wo sie war und wie sie hergeraten war. Doch als die runde Frau sagte, dass sie die Bademeisterin war und bei der Morgeninspektion das Kind im Außenbad gefunden hatte, und nur Marlettes Nase, das Kinn und ein Knie hatten aus dem Wasser geragt, so dass sie glaubte, das Kind sei ertrunken, und dann lebte es und war nicht mal bewusstlos, sondern lag nur schlafend auf der Stufe, da erinnerte auch Marlette wieder, wie sie sich im warmen Wasser hingelegt und zugesehen hatte, wie vom schwarzen Himmel her ganz feiner Schnee fiel, einfach aus dem Nichts. Und wie sie eingeschlafen war und im Traum die Lampe im Salon aus Schnee und Eis aus ihrer goldenen Nische heraus auf sie und Maman gefallen war, und nicht ein Mal, sondern immer wieder oder immer neue Lampen. Und es hatte überhaupt nicht weh getan, sie hatten beide nur gelacht und sich gewundert, wie warm und schön und weich es war, so zugedeckt von all dem Eis und Schnee.

Lange Nacht

Luca und Aiuoletta reisten aus Bergamo an. Aiuoletta (die eigentlich Chiara hieß) hatte eben die Matura hinter sich, sie war achtzehn Jahre alt, er einundzwanzig. In Lucas Kindheit waren seine Eltern oft in die Schweiz nach Vals gefahren, und zwar allein. »Vals ist ein Ort für Verliebte«, hatte seine Mutter gesagt, »nicht für Kinder.« Inzwischen waren sie geschieden, doch Luca hatte nie vergessen, wie seine Mutter vom Bad, dem kleinen Dorf und der rauhen Landschaft geschwärmt hatte, und er träumte länger schon davon, mit Aiuoletta hinzufahren.

Leider hatte er versäumt, sich nach den Preisen zu erkundigen. »Ein Dorf in den Bergen«, hatte er sich gesagt, »das kann nicht allzu teuer sein«, und nur die Fahrt gebucht. Er hatte Aiuoletta zwei Wochen Ferien versprochen, doch als sie am *Reception Desk* des Hotels Therme standen, sah er, dass im Haupthaus und mit Halbpension, wie er ihr versprochen hatte (eine blumige Karte hatte er geschrieben und von Kronleuchtern, wallenden Bademänteln, livrierten Kellnern und parfümierter Bettwäsche geschwärmt), sein Geld für kaum zwei Nächte reichte. Die Dame an der Rezeption schlug einen Aufenthalt im Nebenhaus mit Frühstück vor, sieben Tage hätten sie so logieren können.

Doch Aiuoletta mischte sich ein und fragte: »Gibt es nicht im Dorf eine Pension mit einem ganz kleinen, ganz billigen Zimmer? Wir wären gern zwei Wochen hier.«

Und tatsächlich kannte die Rezeptionistin eine Witwe, die privat ein Zimmer anbot.

»In die Therme können wir aber trotzdem?«, fragte Luca.

»Solange Platz ist«, sagte die Rezeptionistin. »Momentan ist meistens Platz.«

Luca zögerte noch, er fühlte sich gedemütigt und gekränkt, doch Aiuoletta umarmte ihn und flüsterte ihm ins Ohr: »Dummkopf, es ist nicht nur hier im Hotel schön, das ganze Tal ist schön. Was spielt es für eine Rolle, wo wir schlafen?«

Er trotzte immer noch, doch sie bedeckte sein Gesicht mit kleinen Küssen (sie musste sich dazu auf Zehenspitzen stellen), bis er endlich lachte und nachgab. »Hier gibt es sowieso keine Kronleuchter«, sagte er, »und bestimmt auch keine Kellner in Livree.«

Die Witwe war wortkarg, das Zimmer ausgesprochen hässlich (eine Wand war mit Spannteppich verkleidet, die anderen mit Holzleisten, über dem Bett klebten Reste von Abziehbildchen, die Skistars der Siebzigerjahre zeigten), doch es hatte einen Tisch, einen Stuhl und im Flur eine Toilette mit Waschbecken.

»Was will man mehr«, fand Aiuoletta.

»Einen zweiten Stuhl zum Beispiel«, sagte Luca.

Nachdem sie im Volg Würste, Brot und eine Flasche billigen Rosé gekauft hatten, picknickten sie auf der Bettkante, dann machten sie sich schön und gingen zum Hotel zurück. Es war früher Abend, in der Halle wurde Jazz gespielt. Luca und Aiuoletta setzten sich auf ein Sofa nahe bei den Musikern, teilten ein Glas Prosecco, später ein Kännchen Tee, und genossen alles sehr. Leider hörte das Duo (das sonderbarerweise aus Saxophon und Gitarre bestand) schon bald zu spielen auf, die Hotelgäste schritten zum Dinner nach nebenan, und auch die Musiker gingen essen. Die Kellnerin fragte, ob sie noch etwas trinken möchten, Aiuoletta behauptete der Reisekasse zuliebe, sie sei müde, und Luca zahlte. Dann spazierten sie auf einem kleinen Umweg zur Pension.

Als sie am nächsten Morgen in die Therme wollten, hörten sie, dass morgens nur die Gäste des Hotels empfangen wurden. Für den Mittag immerhin konnten sie schon Plätze reservieren. Sie kehrten in ihr Zimmer zurück, lasen etwas und standen pünktlich um zwölf Uhr wieder vor dem Eingang. Sie erschraken, als sie hörten, dass der Eintritt sie mehr kosten sollte als die Zimmermiete.

»Das ist Unsinn«, flüsterte Aiuoletta, »in Ilanz gibt es doch auch ein Schwimmbad, und der Bus dorthin ist billig.«

Luca bestand aber darauf, dass sie das berühmte Bad besuchten, und sie verbrachten einen wunderbaren Tag. Aiuoletta liebte das Blütenbecken und die Liegen, sie liebte es ganz besonders, unter freiem Himmel im warmen Außenbad zu treiben (Luca hielt sie ganz sanft an der Oberfläche) und sich vorzustellen, sie fliege in den Wolken. Fast hätten sie gar miteinander geschlafen, lange lagen sie eng umschlungen im flachen Wasser und genossen, wie anders sie rochen und wie fremd und frisch sie sich begegneten.

Denn sie kannten sich schon seit fünf Jahren, seit dreien waren sie ein Paar. Im ersten hatten sie noch keinen Sex gehabt, nur »zärtlich beieinander gelegen«, wie Aiuoletta es nannte (der Ausdruck stammte von ihrer Mutter, die sie aufgeklärt hatte). Erst mit sechzehn, als Aiuoletta in der Schule hinterherhinkte und ihre Beziehung sich darauf beschränkte, dass ihr Luca in Physik, Chemie und Mathematik Nachhilfe gab, flüsterte sie einmal, als sie ihn zum Dank umarmte: »*Voi arare la mia aiuoletta* – willst du mein kleines Beet pflügen?«

Luca war sich erst nicht sicher, ob er recht gehört hatte. Er überlegte in jener Zeit gerade, das Studienfach zu wechseln und Botanik zu belegen – glaubte sie etwa, er finde ihre Wortwahl romantisch? Sie lief jedenfalls krebsrot an, als er nachfragte, und weigerte sich, ihr Sprüchlein zu wiederholen. Das reichte Luca als Indiz. Er lachte sie schallend aus, und seither hatte sie ihren Spitznamen weg. Anfangs errötete sie jedes Mal, wenn er sie Aiuoletta rief, und bat ihn, damit aufzuhören, doch er blieb dabei.

Damals nach der Nachhilfe »pflügte« er sie übrigens noch nicht. Auch jetzt im Außenbecken der Therme hielten sie sich zurück, und abends in der Pension waren sie zu erschöpft, um miteinander zu schlafen, acht Stunden hatten sie im Bad verbracht. Am anderen Tag blieben sie dafür bis mittags liegen (die Witwe hatte gleich erklärt, dass sie ihr Zimmer nicht betreten würde, außer um nach Ablauf einer Woche die Wäsche zu wechseln), Aiuoletta schwärmte nochmals in allen Einzelheiten von der Therme, währenddessen schliefen sie auch miteinander. Nachmittags lasen sie, und mit der Dämmerung verließen sie das Zimmer, stiegen empor zum Hotel und setzten sich wie tags zuvor zu einem Glas Prosecco und später einem Kännchen Tee in die Lounge. Nicht anders verbrachten sie auch die kommenden Tage, denn das Wetter war schlecht, und weit laufen mochten sie nicht, zum einen war Aiuolettas Anorak nicht regenfest, zum andern wurden die Wege schnell glitschig.

Am vierten Tag schwärmte Aiuoletta nach dem Aufwachen mehr aus Höflichkeit noch von dem und jenem, die Bücher waren ausgelesen, und wenn sie miteinander schliefen, fühlte es sich wieder altbekannt an. Dafür hatte Luca Bekanntschaft mit dem Gitarristen geschlossen (er spielte selbst Gitarre, für ein Semester hatte er die Jazzschule in Bologna besucht). René war ein erfahrener Profi, und dennoch setzte er sich manchmal nach dem Set zu ihnen, fachsimpelte mit Luca, so gut es sich mit Luca fachsimpeln ließ, und eines Abends verriet er, dass beim Frühstück im Hotel nur oberflächlich kontrolliert wurde, wer wirklich Gast war. Sie sollten, riet er, nur nichts Aufwendiges wie etwa Spiegeleier ordern, sondern sich am Stehbuffet bedienen.

So schlichen Luca und Aiuoletta sich am nächsten Morgen in den Speisesaal. Aiuoletta tat es nur Luca zuliebe, bis spätnachts hatte er ihr Vorträge gehalten über den Kapitalismus, über ausgleichende Gerechtigkeit und die exorbitanten Mengen an Überschuss und Ausschuss in der Hotellerie. Und sie brachte keinen Bissen herunter, trank nur eine Tasse Tee und starrte auf den leeren Teller. So verging auch Luca schnell der Appetit, nach zehn Minuten standen sie wieder auf und verließen das Hotel, und draußen brach Aiuoletta in Tränen aus. Sie beruhigte sich erst, als Luca versprach, fürs Frühstück zu bezahlen.

Er ging wieder hinein, Aiuoletta wollte am Eingang zur Therme auf ihn warten, dort war es warm und roch gut. In Wirklichkeit bezahlte er nur Aiuolettas Tee, und zwar an der Bar, er behauptete, er hätte ihn am Abend davor zu zahlen vergessen. Er wollte nicht einsehen, dass er Aiuolettas Schwäche wegen seinen Triumph ruinieren sollte, ein Bonzenhotel um ein Frühstück erleichtert zu haben.

»Hast du es getan?«, fragte Aiuoletta, als er sie abholte. Er nickte, sie umarmte und küsste ihn – ihr Mund war in solchen Momenten noch vollkommen kindlich –, und Luca dachte, dass dies die erste Lüge war, die zwischen ihnen stand, und dass das sicherlich dazugehörte, ein Mann zu werden.

Die zweite Lüge folgte auf dem Fuß, denn René hatte Luca auch erzählt, dass öfters ein Nachtbaden für die Gäste des Hotels stattfand. Dabei herrschte keinerlei Kontrolle, man musste nur im Bademantel und mit Schlappen in die Therme kommen. »Die kannst du leicht im Flur von einem Wägelchen der Putzkolonne stehlen«, hatte er gesagt, und das fiel Luca wieder ein, als ihn Aiuoletta küsste. Denn beim Eingang zur Therme lag die Wäscherei, und eben blickte er auf einen Wagen voller Bademäntel. Während er sich fragte, wie er es anstellen mochte, zwei zu stehlen, sagte Aiuoletta: »Ich bin dir zwar nicht mehr böse, Luca, ich brauche aber etwas Zeit für mich. Ich gehe spazieren, wir treffen uns um zehn vor zwölf bei Volg, um das Mittagessen einzukaufen, ja?«

Als sie um die Ecke war, schob er zwei gebrauchte Bademäntel, die noch überhaupt nicht schmutzig waren, unter seine Jacke und war dreist genug, hoch zur Rezeption zu gehen, um eine Tragetasche zu erbitten. Danach suchte er die Hotelgänge ab, bis er ein Putzwägelchen fand, und nahm davon zwei Paar Schlappen. Das alles war nicht schwer. Aiuoletta erzählte er, nachts sei die Therme frei für alle, die Bademäntel habe man ihm an der Rezeption gegeben. Er zeigte ihr die Tüte und die schön verschweißten Schlappen, auch die Mäntel hatte er gefaltet, sie hatte keinen Grund, ihm nicht zu glauben.

Diesmal setzten sie sich erst nach zehn Uhr abends in die Lounge, sie bestellten auch nur Tee, denn Aiuoletta wollte nicht beschwipst ins Bad. René war abgereist, es spielten neue Musiker, Luca bedauerte das, er hätte gern etwas vor ihm angegeben. Bald war es Zeit fürs Nachtbad, aus den Zimmern und den Nebenhäusern kamen Gäste in Bademänteln und gingen zur Therme.

»Wenn die alle sich schon umgezogen haben, ist vielleicht die Garderobe gar nicht offen«, sagte Luca. »Ziehen wir uns doch auch auf dem Klo um.« Aiuoletta erinnerte sich jedoch daran, dass die Garderoben keine Türen hatten, dort kamen sie auf alle Fälle rein. Also gingen sie in Straßenkleidung, Luca war etwas nervös. Doch die Bademeister ließen sie anstandslos passieren, es reichte offenbar, dass sie die Bademäntel und die Schlappen bei sich trugen.

Gleich war der Zauber ihrer ersten Tage wieder da. Unter feinem Nieselregen lagen sie im Außenbecken, Hand in Hand, schweigend, mit geschlossenen Augen. Aiuoletta summte ab und zu vor Glück.

»Am liebsten bliebe ich die ganze Nacht«, flüsterte sie irgendwann (da auf einer Tafel stand, dass nachts im Bad geschwiegen wurde).

»Lass uns das tun«, raunte er, Aiuoletta kicherte und drückte seine Hand. Und sie taten es tatsächlich.

Als die Lichter gelöscht wurden und die Gäste das Bad verließen, schwammen sie als Letzte zur Schleuse, die nach drinnen führte, und noch davor zog Luca Aiuoletta in eine Nische, dort konnten sie im warmen Wasser warten. Bald ging drinnen grelles Licht an, die Putzequipe machte sich zu schaffen, doch nur einmal sammelte jemand draußen ein vergessenes Handtuch ein, Luca zog Aiuoletta solange unter Wasser, das wäre wohl gar nicht nötig gewesen.

»Wird hier draußen nicht geputzt?«, wunderte Aiuoletta sich und pustete das Wasser aus der Nase. Wirklich dauerte es nicht lange, und die Scheinwerfer im Bad wurden gelöscht. Als sie durch die Scheiben spähten, waren sie bereits allein. Sie warteten noch einige Minuten, dann schwammen sie durch die Schleuse hinein, stiegen aus dem Wasser und nahmen das Bad in Besitz. Das war weniger großartig, als sie es sich vorgestellt hatten, nur in die Haupthalle drang überhaupt genügend Licht von draußen, dass sie sich frei bewegen konnten, und lange wagten sie auch kaum zu sprechen.

»Was tun wir jetzt?«, fragte Luca flüsternd, nachdem sie zweimal ums Becken gelaufen waren. Es war Aiuoletta, die entschied, dass dies der richtige Moment war. Wo sie eben stand, zog sie sich nackt aus, dann stieg sie ins Becken, schwamm zu einer der Haltestangen, wandte sich ihm zu, legte den Kopf zurück und hielt sich mit ausgestreckten Armen an den Stangen fest – sie sah aus wie Jesus am Kreuz. Dann öffnete sie die Beine und wartete darauf, dass Luca in sie eindrang.

Das war nicht einfach, denn er war wohl erregt, nur glitt er wie so oft nicht wirklich in sie. Üblicherweise half Spucke, im Wasser blieb Aiuoletta nichts übrig, als die Zähne zusammenzubeißen, während Luca sich gewaltsam vorarbeitete. »Irgendwann rutscht es schon«, sagte sie, »mach einfach weiter.« Doch auch Luca bewegte sich an der Schmerzgrenze und kam viel zu schnell.

Aiuoletta lachte, Luca nicht, stattdessen sagte er betont gelassen: »Wir haben ja noch die ganze Nacht Zeit.« Nachdem sie wieder Badekleidung angezogen hatten, legten sie sich auf zwei Pritschen, doch sie froren, und die Bademäntel, die sie übers Geländer gehängt hatten, waren fortgeräumt. Aiuoletta legte sich zu Luca, eng umschlungen balancierten sie auf der schmalen Pritsche und versuchten etwas zu schlafen, Aiuoletta aber schlotterte bald vor Kälte.

»Es ist hier drinnen wohl dreißig Grad warm, und du frierst!«, rief Luca.

»Ich friere nun mal, wenn ich Hunger habe«, sagte Aiuoletta. »Als ob du das nicht wüsstest.«

Dann knurrte auch Luca der Magen. »Vielleicht haben wir nur Durst«, sagte er, sie standen auf und tasteten sich zu einer der Duschen vor, um zu trinken. Doch der Hunger wuchs. Inzwischen wurde es draußen hell, die ersten Morgengäste kamen, niemand beachtete sie.

»Toll«, sagte Luca, »jetzt können wir den ganzen Tag über bleiben, keiner hat was gemerkt.«

Doch Aiuoletta hatte schon Krämpfe vor Hunger, und es änderte auch nichts, dass Luca vorschlug, draußen etwas zu essen zu holen, mittags ordentlich Eintritt zu zahlen und es ihr zu bringen.

»Im Bad darf man bestimmt nicht essen«, sagte sie. »Außerdem will ich gar nicht mehr hier sein. Ich will ins Bett.«

In der Garderobe stellten sie fest, dass auch ihre Kleider eingesammelt worden waren. Betreten gingen sie zur Kasse, die Dame dort fragte aber nur: »Sind das Ihre Sachen?«, und reichte Kleider und Schuhe über die Theke. Eilig zogen sie sie über die Badekleidung und machten sich davon. Auf dem Weg zur Pension kauften sie ein Kilo Brot und stopften es in sich hinein, dann verkrochen sie sich ins Bett, sie mochten auch nicht mehr reden.

Als die Bauchschmerzen Aiuoletta bis zum Abend nicht verließen, fragte sie: »Und wenn ich schwanger bin?«

»Warum solltest du schwanger sein?«, fragte Luca zurück. »Du rechnest doch.«

»Du weißt genau, dass ich nicht gut im Rechnen bin«, sagte Aiuoletta.

Sie rechneten gemeinsam, alles schien in Ordnung, und nach dem Abendessen ließen die Krämpfe auch nach. Doch Aiuoletta blieb beunruhigt, und am Mittag des nächsten Tages reisten sie ab. Vergeblich hatte Luca sie zu überreden versucht, noch richtig vornehm im Hotel zu essen und das restliche Geld zu verprassen.

»Aber Luca«, sagte sie, »ich könnte es doch gar nicht mehr genießen. Außerdem freue ich mich auf die Fahrt.« Sie hatten eine lange Reise vor sich, mit Bus und Zug und Bus und Zug und Bus, und zumindest gegenwärtig fand Aiuoletta, das Schönste von allem sei die Herfahrt gewesen.

Da Aiuoletta überall lieber zu früh als zu spät war, warteten sie an der Haltestelle lange auf den Bus, und Luca rannte kurz entschlossen hoch zum Hotel, um von einem Putzwägelchen Schlappen und Körpermilch zu stehlen. »Für dich, zum Andenken«, sagte er, als er schwer atmend wiederkam, und schob ihr beides in den Anorak.

Aiuoletta warf ihm einen Blick zu, den er nicht deuten konnte. Sie fragte nicht mehr, ob er bezahlt habe. Im Bus öffnete sie die Tube und roch daran, dann strich sie sich von der Körpermilch auf die Hand, hielt sie Luca unter die Nase und ließ auch ihn riechen. Gleichzeitig sagte sie in einem Tonfall, den er an ihr noch nicht kannte: »Ich mag dich ja noch immer sehr, Luca, aber du bist zu oft ein Dummkopf.«

Helle Nacht

Valentin Casutt war nicht weit vom Hotel aufgewachsen, talauswärts in Ilanz. Dort wohnte er seit einigen Jahren wieder, mit seiner Frau, die Seraina hieß, und zwei Buben von vier und fünf Jahren, Clo und Chasper. Valentin war Trompeter; inzwischen nannte er sich nicht mehr Musiker, nur Instrumentalist, mit leiser Bitterkeit, denn er spielte Gebrauchsmusik, trat an Hochzeiten auf, unterhielt die Gäste in den Hotels der Region und war Mitglied einer Brassband, einer Salsaband und eines Trios, das Volksmusik modern interpretierte, damit spielten sie an Partys.

Dabei hatte er einmal als hochbegabt gegolten. In einem Alter, in dem seine Freunde noch die Schulbank drückten, hatte er in Bern das Konservatorium besucht, danach studierte er Jazztrompete am *Berklee College of Music* in Boston. Ein Jahr lang bereiste er auf der Suche nach seinem eigenen Stil die USA, doch vergeblich, und kehrte heim, um in den Bergen seine Wurzeln zu erforschen. So kam er wieder mit Seraina zusammen, die sein Schulschatz gewesen war und die winters als Skilehrerin arbeitete, sommers im Service. Beide Jobs hängte sie an den Nagel, als sie schwanger wurde, das zweite Kind folgte bald, und Valentin sah sich gezwungen, eine Familie zu ernähren, ohne zu seinem Stil gefunden zu haben.

Er akzeptierte, was immer ihm an Jobs geboten wurde, doch ihm war, als komme er sich immer mehr abhanden. Dazu durfte er zu Hause nur mit Dämpfer üben, die Trompeten waren nicht bloß den Nachbarn zu laut, auch seiner Frau. Sporadisch fand er einen Raum, in dem er üben konnte, doch allein die Befürchtung, jemand könnte ihn hören, jemand könnte Zeuge werden, wie er den Kontakt zu seinen Instrumenten immer mehr verlor, genügte, dass er kaum noch einen Ton herausbrachte.

Auch was er auf der Bühne spielte, wurde ihm zuwider, und das lag nicht am Notenmaterial. Vermutlich hätte er angefangen zu trinken, wäre Seraina nicht sehr wachsam gewesen. Ihre Eltern tranken mehr, als ihnen guttat, und sie machte Valentin die Hölle heiß, wenn er nach Alkohol roch. Gemeinsam gönnten sie sich gelegentlich einen Schluck, doch es war stets Seraina, die entschied, wann und wie viel.

Beide waren froh, wenn Valentin auswärts spielte,

denn abgesehen davon, dass er mit seiner Bedrücktheit der Familie zur Last fiel, bekam es ihm gut, einige Tage fort und unter Menschen zu sein. Die Engagements in den Hotelbars bestritt er meist mit Rebecca, mit der er in Bern studiert hatte. Auch Rebecca hatte es nicht weit gebracht, doch sie spielte angenehm unprätentiös und wollte auch von Valentin nicht mehr, als dass er die Leadsheets sauber ablas. Sie spielten die Klassiker, *Summertime, My Funny Valentine*, gegen Mitternacht *Body and Soul* und *Round About Midnight*. Zum Abschluss ließen sie – frech, doch immer willkommen – Gounods *Ave Maria* auf Bachs *C-Dur-Präludium* hören. Die Stücke hatte Valentin alle einmal geliebt, inzwischen hatte er jedes Gefühl für sie verloren. Auch in den Hotels spielte er mit Dämpfer und meist in den unteren Lagen, warm, weich, leise.

Am ersten Abend im Hotel Therme spielten sie bis Mitternacht, danach tranken sie ein Glas an der Bar – Seraina, die er seinen Wachhund nannte, war ja nicht da – und unterhielten sich mit Gästen. Als sie um zwei Uhr in ihre Zimmer gingen, freute Valentin sich auf die erste ungestörte Nacht seit längerem, denn Clo und Chasper wetteiferten seit einem Jahr, wen die schlimmeren Alpträume plagten. Nachdem er aber eine Stunde wach gelegen hatte, weil ihm die Melodie von *Perdido* nicht aus dem Kopf ging, zog er sich an, um das Hotel zu erkunden.

Er hatte verschiedene goldene Türen gesehen, die ihn interessierten, und machte es sich zum Spiel, jede einmal zu durchschreiten. Die meisten waren Lifttüren. So fuhr er eben Lift, von Stockwerk zu Stockwerk, trat getreu seinem Vorsatz durch jede Tür und gelangte schließlich in eine Passerelle, die zur Therme führte. Ein weiterer Lift brachte ihn zu den Massageräumen. Die Putzequipe war noch bei der Arbeit, Männer aus dem Sudan, die ohrenbetäubenden Hardcore-Techno hörten und sich von ihm nicht stören ließen. Die nächste goldene Tür führte zum Maschinenraum, er enthielt die Pumpen, Filter, Schleusen und das Heizsystem für die verschiedenen Bäder. Die Techno-Musik dröhnte derart, dass Valentin die Geräusche der Maschinen nur erahnte, er zog die Tür zu und war überrascht, dass er von der Musik nicht einen Ton mehr hörte, der Maschinenraum war schalldicht.

Er holte im Zimmer die Trompete, bat die Sudanesen, kurz den Ghettoblaster auszuschalten und zu sagen, was sie hörten, spielte im geschlossenen Maschinenraum voll in den oberen Lagen, brüllte auch etwas, kreischte und rief dreimal kräftig: »Scheiße!« Die Sudanesen hatten nichts gehört und kümmerten sich auch nicht weiter um ihn. Valentin schloss sich erneut ein und erkundete den Maschinenraum, die Klänge und Rhythmen, das kontrapunktische Glucksen und Zischen. Dann zog er sich bis auf die Unterhose aus, denn das Klima im Raum war tropisch, setzte sich im Schneidersitz auf seine Kleider und blies zu den Maschinenklängen einige Töne. Bald setzte er die Trompete jedoch wieder ab und horchte über Stunden nur in den Raum: Die Vorstellung, dass alle Klänge, die hier entstanden, nur ihm allein gehörten, versetzte ihn in eigenartige Erregung.

Als er ins Hotel zurückging, war es längst Tag. Die Direktorin wollte hören, wie er gefrühstückt habe, er erzählte von seiner Nacht im Maschinenraum und bat sie, dort üben zu dürfen. »Wann immer du willst«, sagte die Direktorin, und Valentin nahm den nächsten Bus nach Ilanz, um seine anderen Instrumente zu holen, ein Flügelhorn und eine Pocket-Trumpet. Dann setzte er sich wieder in den Raum und hörte den Maschinen zu, bis ihn die Direktorin sanft daran erinnerte, dass Happy Hour war, sechs Uhr, und er zu spielen hatte. Das tat er auch, schlafwandlerisch, er aß auch endlich etwas. Doch um Schlag Mitternacht verschwand er wieder im Maschinenraum. Am Fuß des Wassertanks legte er sich zu Boden, schlief ein und träumte sich in eine Welt, in der das Pumpen, Surren, Zischen,

Gurgeln und Gestampfe den Menschen so natürlich waren wie Licht und Dunkelheit.

Schließlich weckte ihn ein Klang, der nur in seinem Kopf war, er fehlte noch im Raum. Halb schlafend griff er nach der Pocket-Trumpet, setzte einen Ton, ein dreigestrichenes Cis – es war tatsächlich nur der eine hohe Ton gewesen, der noch fehlte. Er spielte ihn fast eine Stunde lang und war so glücklich, als habe er soeben einen neuen Stil erschaffen.

Als die Lippen nicht mehr wollten, duschte er in seinem Zimmer und rasierte sich. Mit sonderbarem, ihm selbst unerklärlichem Stolz setzte er sich unter die Gäste und frühstückte, dann ging er zu Bett und schlief bis in den späten Nachmittag.

Abends beim Auftritt versetzte ihn jedes Cis, das er spielte, für einige Takte in jene andere Welt, obwohl er wieder mit Dämpfer spielte. Selbst Rebecca sprach ihn darauf an: »Dein Cis klingt anders«, sagte sie, »hast du ein Ventil gewechselt?«

Als er in dieser Nacht ins Untergeschoss fuhr, machte die Reinigungsequipe gerade Pause, er nutzte die halbe Stunde, um zwischen den Massagekabinen zu wandern und weiter das Cis zu blasen, in all der ungeahnten Schönheit, die er an diesem Ton entdeckte. Dann kehrte er in den Maschinenraum zurück. Wieder über Stunden lauschte er dem Lärm, bis sich ihm eine weitere Nische öffnete. Ein

E war noch im Leeren, nicht ganz ein E, stellte er fest, er musste es modulieren, doch um wie viel, einen Viertelton, einen Achtelton? Und plötzlich fächerte das E sich auf in tausend Arten, es zu blasen. Wie in einem Spiegelkabinett erschien ihm in diesem E die Unendlichkeit, und in einer betörend schönen Ordnung. Er blies das E, das ihm immer neu erschien, das nicht zweimal gleich gelang, das lebte und sich fortbewegte, das ihn selbst mit Leben erfüllte, ihn fliegen ließ wie einen Vogel. Er fühlte, dass ihm Tränen kamen, und konnte doch das Instrument nicht von den Lippen nehmen, bis er nach einigen Stunden fühlte: Jetzt war das letzte E gespielt, ein Bogen war geschlossen.

Halbnackt, wie er war, rannte er ins Freie, aus dem Hotel hinaus, den Berghang empor. Er fühlte einen unbändigen Drang, die Welt zu erobern – die Welt, die nun ganz seine war, denn an diesem Morgen war die Welt E. Er fühlte eine Freiheit, die, so schien es ihm, jenseits alles Menschlichen war.

Als er abends in die Lounge kam, spielte er keine Standards mehr. Er traf wohl noch die Noten. Doch was er spielte, waren keine Melodien oder Changes, er spielte ein gläsernes Gebäude von Cis und E und – nun, Tönen dazwischen.

»Du spielst das E nicht rein«, bemerkte Rebecca nach dem dritten Stück, und einen Augenblick lang fürchtete er, es sei nichts nach außen gedrungen, seine neue Freiheit lasse sich nicht teilen. Doch dann lachte sie und sagte: »Du lässt mich ganz schön schwimmen, Valentin, ich kann nicht spielen, was ich immer spiele. Aber Mann, du klingst richtig cool.«

Am nächsten Tag war sein Engagement im Hotel Therme beendet. Er kehrte trotzdem zurück, wann immer er konnte, oft für mehrere Tage, mit einer Einkaufstüte voller Lebensmittel, die er zu essen vergaß und die in der Hitze des Maschinenraumes bald verdarben. Doch er war glücklich, und er war in der Therme geduldet wie ein guter Geist.

Im Jahr darauf trat er an einigen Jazzfestivals auf, meist solo, und er spielte tatsächlich oft nur Töne, lange Töne. Nach einem dieser Auftritte bat ihn ein Bassist, der lange mit Miles Davis aufgetreten war, ihn auf Tournee durch Asien, Europa und die USA zu begleiten. Fast ein halbes Jahr lang reisten sie, und als er heimkam nach Ilanz, hatte er Anfragen für ein Dutzend weitere Projekte. Er war hin- und hergerissen zwischen Euphorie und Überforderung. Zehn Tage verbrachte er mit Seraina und den Buben, dann flog er weiter.

Schwarze Nacht

»Lass uns nach Vals fahren und uns versöhnen«, hatte Vanessa gesagt. In Svens Ohren klang das nach: »Lade mich ein, und ich vergebe dir.« Und obwohl er keine Ahnung hatte, was sie ihm vorwarf, buchte er. Er kam ohnehin für ihren Lebensunterhalt auf, und Vanessa hatte kein Problem damit. Als Jurist verdiente er gut, obwohl es weitaus lukrativere Spezialgebiete gab als das Urheberrecht. Vanessa absolvierte eine Zweitausbildung, nicht zur Selbstfindung, sondern aus sozialem Gewissen, und neben ihrem Studium der angewandten Psychologie arbeitete sie ehrenamtlich im Jugendstrafvollzug.

Vals war in ihrer siebenjährigen Beziehung eine Art Wegstein, zu dem sie immer wiederkehrten, wenn es galt, sich neu zu orientieren. Ihr allererster Ausflug über Nacht hatte sie hierhergeführt, hierher kamen sie auch ein Jahr später, um sich als offizielles Paar zu feiern. Später suchten sie hier Ruhe, wenn Vanessa krank war oder rekonvaleszent (von einer

Tropenreise hatte sie Malaria mitgebracht, dazu litt sie an zyklischer Depression).

Ihre Vals-Besuche liefen, wie das meiste in ihrem Leben, nach einem Ritual ab, das Vanessa geprägt hatte und das in ihrer Sicht gar keines war, nur schlicht die beste Art, die Sache anzugehen. Sie nahmen stets den Mittagszug in Baden, so waren sie um vier Uhr im Hotel. Das brachte die Gewissheit mit sich, dass das Zimmer auch bezugsbereit war. Sie deponierten Jacken und Gepäck, Vanessa suchte die Toilette auf und schätzte es, wenn Sven währenddessen das Zimmer verließ. Daher ging er in die Lounge, sicherte Vanessa ihren Lieblingssessel, einen Doppelsitzer in der Ecke, wo die Fensterfronten sich berührten. Er bestellte ihr den obligaten Kaffee, eine »Schale«, dazu eine Karaffe Wasser. Wenn Vanessa eine Viertelstunde später nachkam, hatte sie das Haar geöffnet und trug türkische Sandalen, hatte sich frisch parfümiert und nahm, wenn sie an der Terracotta-Obstschale vorbeikam, daraus einen Apfel – nicht um ihn zu essen, sie drehte ihn nur eine Weile in den Händen, roch an ihm und legte ihn, wenn sie die Lounge verließen, wieder zurück. Vanessas Auftritt war so beiläufig wie raumergreifend, sie war nicht nur schön, vor allem zeigte sie, wie wohl ihr war in ihrer Haut, und Männer wie Frauen sahen ihr nach. Inzwischen wusste Sven, wie sehr sie es genoss, sich aufzuführen, als sei sie im Hotel zu Hause. Tatsächlich bildete sie sich ein, sie habe ein natürliches Anrecht auf alles, ihren Sessel, ihn, auf die Beachtung und Bewunderung der Menschen – und vielleicht hatte sie es wirklich. Vielleicht war sie allein der Grund, aus dem Gott die Welt erschaffen hatte. In den ersten Jahren hatte Sven ihr Selbstvertrauen geliebt, inzwischen warf er ihr oft Geltungssucht und Eitelkeit vor. Doch Kritik prallte an ihr ab. Sie hatte halt liebende Eltern gehabt, das war doch nichts, wofür man sich schämen musste! Sie ihrerseits hielt ihn für verklemmt.

Auch diesmal verlief ihre Ankunft so. Als Vanessa aus dem Zimmer kam und ihren Lieblingssessel in Besitz genommen hatte, streifte sie die Sandalen ab und zog die Füße hoch – das tat sie auch im Zug, beim Essen oder im Theater. Am liebsten saß sie auf dem linken Fuß, das Bein war abgewinkelt wie im Lotussitz, das rechte winkelte sie ebenfalls, doch hochgestellt, dann legte sie das Kinn aufs Knie, umschloss den rechten Fuß mit beiden Händen und massierte ihren kleinen Hallux. Spielte die Musik, schlug sie manchmal auf dem Rist den Takt und wippte mit dem Oberkörper. Sven saß separat in einem Sessel, um Platz für die Zeitung zu haben.

Besonders liebten sie die Stunden in der Lounge, wenn Nebel aufzog oder Regen fiel, mit der Abenddämmerung die Fensterfronten nach und nach zum Spiegel wurden und irgendwann die Welt verschwunden schien. Vanessa trank ihre »Schale« in sehr kleinen Schlucken (es gehörte dazu, dass sie kalt wurde und vielleicht eine Haut bekam), schwieg und ließ nur ganz gelegentlich eine Bemerkung fallen, weil ihr eben etwas durch den Kopf ging. Sven senkte dann jeweils die Zeitung, manchmal faltete er sie, gab Antwort und wartete, ob sich ein Gespräch entwickelte. Wenn nicht, nahm er die Zeitung wieder auf. Vanessa mochte es, wenn er Zeitung las, und sie mochte, dass er ihr stets Vorrang gab, wenn sie ihn ansprach. Manchmal sagte sie nur deshalb etwas. So ihren Aufenthalt zu beginnen, beruhigte sie beide.

Diesmal allerdings entwickelte sich alles anders. Kaum ging die Sonne unter, brach die Nacht herein. Sie war klar und nüchtern, scharf zeichnete der Mond die Schatten in den Schnee. Sven sah keinen Sinn darin, die Zeitung, die er schon im Zug gelesen hatte, nochmals durchzublättern, er hörte der Musik zu und mokierte sich, dass seiner Ansicht nach die Pianistin ihre Töne anschlug, wie eine Bürokraft Schreibmaschine schreibt. Vanessa ignorierte ihn, sie applaudierte nach jedem Stück, und als sie – früher als sonst – zum Essen aufbrachen, ging sie nahe am Flügel vorbei, schenkte der Pianistin ein Lächeln und sagte: »Sehr schön.«

Als Nächstes regte Sven sich über Gäste auf, die in Windjacke und Wanderschuhen zum Dinner erschienen. »Das in einem Restaurant mit fünfzehn Gault-Millau-Punkten«, sagte er.

»Beschwere dich nicht bei mir, sondern bei ihnen«, sagte Vanessa.

»Man müsste alle hier in Knigge unterrichten«, stellte Sven fest, den jetzt der Teufel ritt. »Die hinter mir ist so penetrant parfümiert, dass ich nichts mehr schmecke, und auf drei Tischen sehe ich Handys.«

»Womöglich haben sie zu Hause kleine Kinder und wollen für den Babysitter erreichbar sein«, wandte Vanessa ein, obwohl auch sie hörte, dass während des Essens munter SMS und E-Mails verschickt wurden. Eine Frau telefonierte mit durchdringender Stimme mit einem gewissen Luigi, um ihm zu sagen, dass sie seine neue Sorte Pasta getestet habe und in welchen Mengen er sie wohin liefern solle.

»Das ist nun mal die Demokratisierung«, sagte Vanessa. »Das müsste dir doch gefallen.«

Doch Sven hatte bereits zwei Halbwüchsige in Anzug entdeckt.

»Man sollte keinen Anzug tragen«, sagte Sven, »wenn man nicht weiß, wie«, und hielt ihr einen

Vortrag über das korrekte Knöpfen von Sakkos mit zwei, drei und vier Knöpfen.

»Ich wünschte, du trügest mir zuliebe einmal einen Anzug«, sagte Vanessa, und obwohl Sven danach schwieg, doppelte sie nach: »Du bist der gleiche Spießer wie dein Vater.«

Im Gegensatz zu Sven vergnügte sie sich blendend. Den Kellner fragte sie nach allen Einzelheiten der Käselagerung im Dorf, obwohl sie keinen Käse mochte. Die Sommelière musste ihr die unterschiedlichen Traditionen erklären, Weine »auszubauen«. (In den ersten Jahren ihrer Beziehung hatte Sven umsonst versucht, ihr die Winzerei näherzubringen, sie hatte ihn einen Langweiler genannt.)

Als Sven ihr sagte, dass sie den Bogen überspanne und die Kellner anderes zu tun hätten, als sie zu unterhalten, rief sie gleich nochmals nach der Sommelière und fragte sie geradeheraus, ob ihre Fragen sie belästigten. »Im Gegenteil«, sagte die Sommelière. Vanessa feierte nicht einmal ihren Sieg. »Siehst du«, sagte sie nur ruhig zu Sven, »die Menschen schätzen es, wenn man sich interessiert und nicht bloß meckert.«

»Du interessierst dich nicht, du tust nur so«, sagte Sven. Doch Vanessa hörte nicht mehr zu, denn die Frau am Nachbartisch hatte eben nochmals mit Luigi telefoniert, bis ihr der Strom ausging.

»Ich habe auch ein Nokia«, sagte Vanessa zu ihr, »Sie können gern mein Ladegerät benutzen.« Die Frau nahm dankend an, und weil das Ladegerät oben im Zimmer lag, war es an Sven, sich zu erheben und es zu holen. Bis er zurückkam, hatte Vanessa sein Prédessert gegessen, ein luftig aufgeschlagenes Sorbet, auf das er sich den ganzen Abend über gefreut hatte.

»Als der Kellner es brachte, war es bereits halb geschmolzen«, sagte sie, »ich konnte nichts anderes tun, um es zu retten.« Sie bot an, ihm ein zweites zu bestellen, doch Sven verzichtete.

Auch auf einen Digestif an der Bar verzichteten sie, denn dort spielte wieder die Pianistin, und sie hatten beide keine Lust, länger zu streiten.

»Ich möchte, dass wir wenigstens noch miteinander schlafen«, sagte Vanessa, als sie das Zimmer betraten, nicht herrisch, sondern betrübt. Auch hier hatten sie ihre Rituale, die daher rührten, dass Vanessa nur schwer zum Orgasmus gelangte – tatsächlich nur auf eine Art, indem sie beide knieten und Sven von hinten in sie eindrang, Vanessa stimulierte währenddessen ihre Klitoris. Zu Anfang ihrer Beziehung hatte es ein Jahr gedauert, bis sie ihm anvertraute, dass nur die eine Position geeignet war, sie zu befriedigen, und in den darauffolgenden sechs Jahren hatte Sven nur einmal festgestellt, dass er gern etwas Neues ausprobieren würde und auch nicht der Ansicht sei, sie müssten zwingend zum Orgasmus kommen.

»Natürlich müssen wir nicht kommen«, hatte Vanessa gesagt, als sei der ausbleibende Orgasmus sein Problem, nicht ihres. Seinen Vorschlägen folgte sie dann allerdings so unbeteiligt, dass Sven bald die Lust verlor und sie zu Vanessas Standardpraxis zurückkehrten.

»Willst du noch ins Dorf?«, fragte Vanessa nach dem Sex, denn meist machten sie noch einen Nachtspaziergang. Doch ihre Lustlosigkeit war nicht zu überhören, und so schüttelte auch Sven den Kopf und sagte: »Lass uns schlafen.«

»Meinetwegen«, sagte Vanessa und kontrollierte den Vorhang. Sie mochte den Gedanken nicht, dass jemand sie im Schlaf beobachtete, nicht einmal Sven. Sie schliefen deshalb auch zu Hause bei vollkommener Dunkelheit. Allerdings herrschte in Ennetbaden Verkehr, hier fast vollkommene Stille – nur kurz kam Wind auf und rüttelte an den Trennwänden der Balkone, dass es klang wie Theaterdonner.

Vanessa löschte das Licht, kuschelte sich an seine Schulter, wie sie es stets tat, und schlief fast sofort ein. Sven hingegen lag wach, wunderte sich erstmals, dass er seit Jahren dieses Leben lebte, und fragte sich, wie sie da hingeraten waren. In Vanessas Kindheit hatte ihre Mutter mehrmals versucht, sich zu töten. Seither war Vanessas größte Angst, die Anlage zur Selbstzerstörung könnte ihr vererbt sein, irgendeine Macht ergreife irgendwann von ihr Besitz, entreiße ihr die Kontrolle über ihre Wahrnehmung, ihr Denken, und führe sie dazu, sich ebenfalls etwas anzutun. Gleichzeitig fürchtete sie, eben deshalb könne Sven sie verlassen, und oft fragte sie im Streit: »Wenn dir meine Art dermaßen nicht passt, warum schickst du mich nicht zum Teufel? Glaubst du, ich dränge mich dir auf? Du brauchst nur zu sagen, ich soll gehen, und ich gehe. Du wirst schon sehen.«

Nie hatte er daran gedacht, sie beim Wort zu nehmen. Nun erst, in jener schlaflosen Nacht im Hotel, erinnerte er all die früheren Valser Nächte, in denen er für Vanessa da gewesen war, in denen er sie getröstet und ihr Mut zugesprochen hatte, in denen er ausgehalten hatte, dass sie schreiend aufschoss und sich an ihn klammerte. Ihm wurde bewusst, dass er tatsächlich nur noch ihrer Ängste, ihrer Depressionen, ihrer Haltlosigkeit wegen bei ihr war. Er war geblieben, weil er glaubte, es sich nicht verzeihen zu können, wenn sie sich etwas antat. Und Vanessa wusste das nicht nur, sie benutzte ihre Ängste, um ihn zu halten.

Es war gegen drei Uhr nachts, als er sich aus ihrer Umarmung löste, das Licht anmachte und sagte: »Geh.«

»Was ist los?«, fragte sie verschlafen und richtete sich halbwegs auf.

»Ich will, dass du gehst«, sagte Sven, »ich kann nicht mehr. Oder ich will nicht mehr.«

Kurz sah sie ihn schweigend an, dabei entdeckte er keine Regung in ihrem Gesicht, keinerlei Sorge, keine Verwunderung, höchstens eine Spur Gereiztheit. Sie stand auf und ging ins Bad. Sie wusch sich und ging bei offener Tür aufs Klo, es schien sie nicht mehr zu kümmern, was er von ihr hielt. Es vergingen vielleicht fünf Minuten, in denen keiner ein Wort sprach. Sven sah vom Bett aus zu, wie sie sich anzog und ihre Sachen packte, Vanessa blickte ihn nicht mehr an. Das Entrée lag um die Ecke, er hörte die Bügel in der Garderobe klirren, als sie ihre Jacke anzog, dann ging sie doch noch nicht, erst füllte sie im Bad die Wasserflasche. Sven glaubte schon nicht mehr daran, dass sie tatsächlich gehen würde, da klickte die Verriegelung, sie öffnete die Tür und zog sie hinter sich ins Schloss.

Er blieb noch eine Viertelstunde reglos sitzen, lauschte auf Geräusche und wartete darauf, dass sie zurückkam, weinte, ihn beschimpfte, vielleicht ihn schlug. Doch es herrschte nur wieder Stille. Um halb vier Uhr knipste er die Nachttischlampe aus, legte sich schlafen, stand nochmals auf, um den Vorhang zu öffnen, und stieg wieder ins Bett. Verwirrt stellte er fest, dass er keinerlei Gespür dafür hatte, ob sie noch im Hotel war oder tatsächlich abgereist, die Frau, mit der er sieben Jahre gelebt hatte. Er hörte kein Taxi kommen, kein Handysignal einer eintreffenden Nachricht. Wie konnte es sein, fragte er sich, dass ein Mensch ging, mit dem er so eng verbunden gewesen war, und er fühlte nichts?

Kurz vor fünf Uhr machte er wieder Licht und rief den Pförtner an.

»Ich habe ihr aus Ilanz ein Taxi kommen lassen«, sagte der, »sie ist vor einer halben Stunde abgereist.« Sven fragte, ob Vanessa eine Nachricht hinterlassen habe, doch der Pförtner sagte nein. Er sagte auch nein, als Sven fragte, ob sie geweint habe. Sie habe, während sie aufs Taxi wartete, Zeitung gelesen.

Sven hängte auf, löschte das Licht und begann zu weinen. Doch gleichzeitig fühlte er eine wachsende Erleichterung, die endlich so groß war, dass er sich nur wundern konnte. Fast vergnügt dachte er an seine Freunde und ihre gemeinsamen Bekannten. Ihm war klar, dass niemand ihn begreifen würde – von außen betrachtet war eindeutig, wer von ihnen die bessere Hälfte gewesen war.

»Ich werde mir neue Freunde suchen müssen«,

stellte er fest. Er würde vieles neu tun müssen, und er freute sich diebisch darauf.

Dann schlief er doch noch etwas. Als um acht der Handywecker ging, sah er als Erstes nach, ob Vanessa angerufen hatte, was nicht der Fall war. Während er duschte, sah er im Abfalleimer ihre Abschminkpads und kämpfte nochmals mit den Tränen, gleichzeitig war das Gefühl der Erleichterung so stark wie in der Nacht. Beim Frühstück im Speisesaal wollte ihm die Dame vom Vorabend Vanessas Ladegerät wiedergeben, er schenkte es ihr und fühlte sich wunderbar. Mit Verwunderung stellte er fest, wie wenige Menschen wussten, dass man die kleine Frühstücksserviette nicht auf die Knie legt, sondern dazu den Tischtuchsaum benutzt, doch statt Ärger fühlte er eine eigenartige Rührung. Und er genoss es sehr, sich von einer hübschen Kellnerin zahlreiche Honigsorten empfehlen zu lassen, ehe er sich für Marmelade entschied.

Klare Nacht

Mit Beginn der Finanzkrise war Marcs Institut dazu übergegangen, Schnapszahlengeburtstage zu feiern statt der runden, so wurde nur noch alle elf Jahre eine Gratifikation fällig. Das war Marc recht, denn sein Dreißigster hatte noch in der Börsenhausse gelegen und ihm drei Monatsgehälter eingebracht, er rechnete sich daher doppelten Gewinn aus. Als er zum Dreiunddreißigsten statt einer Überweisung nur einen Hotelgutschein bekam, fürchtete er erst, das Management wolle ihn abstrafen, und hatte einen Schweißausbruch. Er fragte sich, was von seinen missglückten »Experimenten« mit einigen Kundenvermögen durchgesickert sein mochte. Doch sein Abteilungschef erklärte, das Standardgeschenk für Mitarbeiter unterhalb der Fünfziger bestehe in einem Wochenend-Skipass in Engelberg mit Zimmer in der Touristenklasse, und er sei mit dem dreitägigen Wellnessaufenthalt noch überdotiert.

Es war allgemein bekannt, dass die Frau, mit der

Marc Bett und Wohnung teilte (nicht das Konto), seit sechs Monaten im Stammhaus in New York arbeitete. Sie war im Begriff, Karriere zu machen, und hatte keine Zeit, mit ihm zu feiern. In solchen Fällen lief bei den Singlefrauen der Finanzabteilungen ein Wettbewerb, wer zur Begleitung auserkoren wurde. Nicht, dass jede bereit gewesen wäre, mit jedem das Bett zu teilen, in erster Linie zählte es, gefragt zu werden. Reisen und Bälle waren dazu da, die Hackordnung neu zu bestimmen. Man wusste von Deals zwischen Alphatieren im Institut, Männlein und Weiblein, die zusammen ganze Ferien verbrachten, ohne dass das Geringste zwischen ihnen lief, imagemäßig machten dennoch beide Punkte gut.

Marc wählte Frauen, mit denen eine Bettgeschichte drinlag. Das schmälerte die Auswahl kaum, er sah gut aus (mehr als gut, er war, was unter dem Label »Schnittchen« lief) und war unkompliziert sowohl im Bett wie auch darin, die Sache wieder zu beenden. Marc war als sogenannter »Casual« sehr gefragt.

Dass er ohne Scheck Geburtstag feiern sollte, versetzte ihm jedoch einen Stich, und er hatte nicht übel Lust, dem Laden ein Schnippchen zu schlagen. Statt bei einer der Primadonnen anzuklopfen – Sue, einer IT-Spezialistin, die schon zweiunddreißig war, doch längst nicht über den Zenit, oder der Neuen,

Britta, Investment Compliance Analyst mit bäuerischem Körperbau und beängstigendem Elan, Anfang zwanzig, in Marcs Worten eine »Kate Winslet der Finanzwelt« –, fuhr er geradewegs ins Kellergeschoss. Dort arbeiteten die Buchhaltung und die Übersetzerinnen. Der Keller galt für die oberen Abteilungen als »Notlager«, was Sex betraf, Marc war sich dessen bewusst. Das Mädchen, das er ansprach, disqualifizierte sich zusätzlich durch den Kleidungsstil, Marc hatte ihn einige Tage zuvor als »Ostblock« tituliert: Rüschenbluse, Lackpumps, Haarreif, lila Nagellack. Davon abgesehen wäre Slavka durchaus hübsch gewesen, nur konnte man eben von solchen Dingen nicht absehen, und Marc fragte sie allein aus einer brachialen Laune heraus, in einem Akt der Anarchie. Er wollte Dampf ablassen, die anderen reizen, sich demonstrativ so unmöglich machen, wie sich das Institut in seinen Augen unmöglich gemacht hatte, indem es ihn mit einem Wellnessangebot abspeiste.

Er war nicht in der Laune für Finessen. So pflanzte er sich vor dem Tischlein auf, das offenbar ihr ganzer Arbeitsplatz war, und sagte: »Ich bin Marc. Das Management schickt mich für ein paar Tage in die Wüste, genau genommen in die Bündner Berge, in so ein Bad. Ich fände passend, dass du mich begleitest.«

Er hatte erwartet, dass Slavka rot anlief, stotterte oder sonst die Fassung verlor. Doch sie schien nur etwas überrascht. Sie musterte ihn kurz, dann stand sie auf und reichte ihm die Hand. »Slavka«, sagte sie, und nach leisem Zögern beugte sie sich vor und gab ihm Küsschen. »Sehr gern«, fügte sie hinzu, während sie sich wieder setzte, und zückte eine klitzekleine himbeerfarbene Plastikagenda. »Wann denn?«, fragte sie. »Nur nicht über Ostern, denn da fahre ich heim.«

»Möglichst bald«, antwortete Marc, nun selbst etwas verwirrt, »bringen wir es hinter uns.«

»Bald fände ich schön«, sagte Slavka. »Ich freue mich, ich war in der Schweiz noch nie in den Bergen.«

Sie einigten sich auf das nächste Wochenende, und Marc nahm den Lift nach oben. Der erhoffte Knalleffekt war ausgeblieben, und er hatte alles andere als souverän gewirkt. Vielleicht war das Wellnessangebot ein Wink des Schicksals, vielleicht war er wirklich nicht mehr auf der Höhe und verdiente eine Auszeit. Rückblickend fand er sein Verhalten tatsächlich etwas krank, und ein paar Tage lang überlegte er sich, Slavka abzusagen. Er wollte ihr anbieten, mit jemandem aus ihrer Hierarchiestufe zu fahren, einem geschiedenen Buchhalter oder einem der drahtigen Maghrebiner vom Reinigungsdienst. Doch gab es ein offeneres Eingeständnis seines Scheiterns? Es half nichts, er musste diese Sache durchziehen und tun, als wäre sie ein Großerfolg. »Was, verflixt«, sollten sich die anderen fragen, »heckt der Teufelskerl da aus?«

Wie vereinbart holte er sie im Mercedes ab. Sie sah nicht schlecht aus, wie sie im schwarzen Skianzug aus Rippstoff an der Straßenecke wartete, wie eines jener Starlets in Clark-Gable-Filmen. Sie trug nur eine Ziegenledertasche mit sich, keinen Koffer, und sie roch unprätentiös gut – Frühlingsblumen, ein Hauch von Sonne auf Heu –, ganz anders als seine üblichen Frauen, die komplexe, synthetische Parfums benutzten.

Verwundert lachend sank sie in den tiefer gelegten Beifahrersitz. »Kann man darin nur liegen oder auch sitzen?«, fragte sie und wollte sich nicht anschnallen, bevor Marc ihr nicht seine Lederjacke und eine Decke untergeschoben und die Lehne maximal aufrecht gestellt hatte. So hockte sie die kommenden zwei Stunden wie auf dem Hochsitz eines Traktors und bestaunte die Landschaft. Manchmal sprach sie auf Kroatisch mit sich selbst, manchmal wies sie ihn auf etwas hin, ohne zu erwarten, dass er Antwort gab. Ihm war das sehr recht, denn er hatte keine Ahnung, was er mit ihr reden sollte. Neben Slavka fühlte er sich wie ein Kind auf Schulausflug. Und er genoss es sonderbarerweise.

Das Hotelzimmer war nach seinem Geschmack, sec, designt, klassisch. Etwas größer, und es wäre perfekt gewesen. Slavka nahm das Zimmer kaum wahr, sie steuerte sofort auf den Balkon, ließ sich in die Liege fallen, blinzelte ins Sonnenlicht und rief: »Von hier bringst du mich nie mehr weg!« Bevor sie von selbst aufsprang, ihn umschlang und lachend wieder ins Zimmer drängte. »Schuhe aus«, befahl sie, wartete voll Ungeduld, bis Marc sie abgestreift hatte, stieß ihn aufs Bett und zog ihn von den Socken aufwärts aus. Marc ließ sie gewähren, während er die Zimmerdecke betrachtete. »Wollen wir doch mal sehen, wie weit sie geht«, dachte er sich, und erst als sie seinen Penis in den Mund nahm, ergriff er wieder die Kontrolle, schob sie zur Seite, warf ihr einen Bademantel zu und sagte: »Lass uns herausfinden, was sie noch zu bieten haben.«

In der Therme fühlte er sich lächerlich zwischen all den Pärchen, doch Slavka sah toll aus. Das nasse Haar stand ihr. Die Figur war tadellos, sehr mädchenhaft, ihr Bikini zwar unvorteilhaft pistachefarben, sie wirkte darin fast krankhaft blass, doch ohne Schnickschnack, und sie füllte ihn schön aus. Er selbst gefiel sich nicht, er sah die vielen aufgeblasenen Jüngelchen mit ihrem Balzgehabe und erkannte, dass er sich in nichts von ihnen unterschied – außer dass die meisten zehn, zwölf Jahre jünger waren.

Er versuchte, den Bad Boy zu spielen. In der Sauna, neben einem dösenden Paar älteren Semesters, wollte er Slavka vorführen, dass er einen Orgasmus haben konnte, ohne sich zu berühren. Doch Slavka sah ihn nur verwundert, fast gerührt an, dann lachte sie schallend und küsste ihn wie einen Schuljungen auf die Nasenspitze. »Ich gehe ins Außenbecken«, sagte sie, »kommst du auch?«

Später, als sie sich fürs Abendessen stylten, teilten sie das Badezimmer – etwas, das Marc sonst strikt vermied, doch Slavka hatte ihn gebeten, sich noch zu rasieren. »Nach dem Essen kommen wir nicht mehr dazu«, hatte sie gesagt, »und wenn wir miteinander schlafen, zerkratzt du mir den ganzen Körper, meine Haut ist so dünn.« Während er sich rasierte, wusch und föhnte sie ihr Haar, dabei summte sie und war ganz in ihrer Welt. Einmal nur, nachdem sie über ihr sprödes Haar geschimpft hatte, lachte sie und sagte zu ihm: »Dabei hat mir meine Mama beigebracht, mich nie vor meinem Mann schlechtzumachen.«

Die Bemerkung verwirrte ihn, und kurz fragte er sich, was sie damit bezwecken mochte. Doch Slavka schien nie etwas zu bezwecken, sie sagte, was ihr durch den Kopf ging, und war, wie sie eben war. Er fand das mehr als sonderbar.

Beim Abendessen diskutierten sie über Gerechtigkeit und Recht. Soll alles, was möglich ist, auch erlaubt sein? Ist alles Erlaubte auch gut? Marc hatte noch nie so nachgedacht, er hatte die Meinungen vertreten, die alle vertraten. Doch Slavka fragte immer wieder nach, bis er nervös wurde und das Gespräch abbrach.

Nach dem Essen stürzten sie doch nicht gleich ins Bett, sie hatten sich überessen. Marc schlug einen Absacker in der Bar vor, Slavka wollte lieber durchs Dorf spazieren. Sie folgten dem Gebimmel von Glöckchen und entdeckten in einem alten, niedrigen Stall Ziegen. Slavka war begeistert. Während sie sich bei ihm einhakte und ihn weiterzog, erzählte sie ihm von den Ziegen in ihrem Dorf, wie man sie molk und wie sie Käse machten. Marc verriet ihr nicht, dass er selbst aus einem Bauerndorf am Fuß des Säntis kam. Er hatte seine Familie seit fast zehn Jahren nicht gesehen, Slavka dagegen fuhr alle Weihnachten und Ostern heim, zu den Geburtstagen ihrer Eltern und dem ihrer kleinen Schwester. Nur ihren eigenen feierte sie in der Schweiz.

»Mit diesem Zeitmanagement machst du keine Karriere«, stellte Marc fest, um auch wieder einmal etwas zu sagen. Slavka sah ihn an, als sei sie enttäuscht, eine so dumme Bemerkung von ihm zu hören, und schwieg, bis sie die obere Brücke über den Rhein erreichten, wo das Dorf endete. »Wenn ich verheiratet bin und eine größere Wohnung habe, kommt natürlich die Familie zu mir«, erklärte sie ihm, während sie, ohne ihn zu fragen, kehrtmachte. »Aber jetzt ist es einfacher und billiger so.«

Marc hatte noch mit keiner Frau Sex gehabt wie mit Slavka. Sie war auch nackt ohne alle Scham. Sie wollte ihn, nahm sich, was sie brauchte, gleichzeitig schien sie ganz absichtslos. Über Stunden schliefen sie miteinander, ohne zu einem Höhepunkt zu gelangen. Gelegentlich drang Marc in sie ein, doch oft küssten sie sich nur, und immer wieder lagen sie auch nur da, betrachteten einander oder schlossen die Augen und genügten sich darin, dass ihre Körper sich berührten. Nach einigen Stunden, ohne Vorwarnung, kam Slavka doch, mit einem kleinen Seufzer. Danach lachte sie und sagte: »Das hatte ich so gar nicht gewollt.«

Nun wollte sie, dass auch Marc kam. Ihn selbst drängte nichts dazu, doch sie sagte: »Ich will sehen, wie du ein bisschen stirbst.« Sie schob ihm vier Kissen unter Schultern und den Nacken und nahm sein Glied in den Mund. Er kam schnell, und danach schloss sie die Hände um seinen Penis, als halte sie ein Vögelchen, legte den Kopf auf seinen Schenkel und schlief so ein.

Die Nacht wurde Marc noch lang. Bis zum Morgengrauen lag er da wie aufgebahrt, denn er fürchtete, Slavka zu wecken, wenn er es sich bequemer machte. Sie schlief tief auf seinem Bein. Die Vorhänge waren geöffnet, der Mond schien auf den Berghang gegenüber. Der Widerschein beleuchtete auch Slavkas Körper, der nackt auf dem Laken lag, fast so reglos wie der Berg, nur die Rippen spreizten sich leicht mit jedem Atemzug, und eine Haarsträhne war ihr ins Gesicht gerutscht und zitterte. Marc stellte fest, dass er noch nie mit einer Frau aus gewesen war, ohne sich seiner zu schämen und sich entsprechend zu verstellen. Doch der eine Tag mit Slavka genügte, und er begriff nicht mehr, was ihn an seiner Art zu leben halten sollte. Er schämte sich nun für seine Angeberei, und vergeblich suchte er nach einer Sache, auf die er hätte stolz sein können. Dennoch fühlte er sich nicht erbärmlich oder lächerlich neben ihr, er fühlte sich wie frisch geschlüpft, klein und nackt und etwas ungebärdig, und mochte sich so gut leiden.

Er nahm sich sogar vor aufzustehen, falls Slavka sich im Schlaf bewegen sollte und seinen Schenkel freigab, malte sich aus, wie er sich lautlos anzog, sein Gepäck nahm und nach unten ging, um den Nachtportier zu bitten, die Polizei zu rufen. Der Portier würde sich wundern, ihm aber den Gefallen tun, denn Marc würde den Eindruck erwecken, dass er wohl wüsste, was er da verlangte. Der Dorfpolizist allerdings wäre wohl renitenter und bräuchte einen guten Grund, nachts auszurücken.

»Ich habe Kundengelder veruntreut«, würde Marc erklären, »keine Summe, die sich nicht erstatten ließe, doch immerhin siebenstellig.«

Wo Marc wohnhaft wäre, würde der Polizist fragen, warum er sich nicht dort anzeige und zu christlicherer Zeit.

»Später«, wollte Marc antworten, »habe ich vielleicht den Mut nicht mehr.«

Das würde auch der Polizist begreifen, und während er sich ins Hotel bemühte, wollte Marc den Portier bitten, Zimmer 715 auf Slavka umzuschreiben. Für sich würde er ein zweites buchen, dort kurz die Tasche deponieren und dafür sorgen, dass Bett und Bad benutzt aussahen. »Für den Fall, dass die Polizei nach Spuren sucht«, würde er dem Portier erklären. »Slavka schläft so schön, ich will nicht, dass sie geweckt wird.«

Doch tatsächlich rührte Slavka sich nicht, bis die Sonne aufging. Inzwischen schlief auch Marc, und als sie ihn weckte, damit sie das Frühstück nicht verpassten, hatte er seine nächtlichen Pläne vergessen.

Schwere Nacht

Seit ihrem fünfzigsten Lebensjahr fuhr die Bibliothekarin Margrith Schmied jeden Winter nach Vals ins Hotel Therme. Am liebsten hätte sie die Weihnachtstage dort verbracht. Doch das Festtagsarrangement war ihr zu teuer, zudem verbrachte sie den ersten Weihnachtsfeiertag jeweils mit einer alten Nachbarin, Frau Marti, die keinen anderen Menschen hatte, der mit ihr feierte. Meist fuhr sie Anfang Dezember, wenn den Leuten die Zeit zum Lesen fehlte und die Bibliothek leer stand. Sie stieg für drei Tage in einem der günstigeren Außenhäuser ab, dem Haus Tomül, und pflegte ihre lieben Gewohnheiten, zu denen unbedingt ein Gang durchs Dorf und eine Wanderung hinauf nach Leis gehörten, mit jenem wunderbaren Blick über Vals, dessen Häuser von oben wirkten wie an den Berghang geweht. In Leis besuchte sie auch die Sankt-Jacobus-Kapelle.

In jenem Jahr hatte in der Nacht nach ihrer Ankunft ein Föhnsturm getobt und Eis und Schnee an den unteren Hängen schmelzen lassen. Doch als sie sich am Morgen auf den Weg begab, schneite es bereits wieder, und öffnete sich kurz der Himmel, stiegen die Bergdohlen auf, die an den steilen Wiesen in Grüppchen lagerten wie eine Schulklasse auf Wanderschaft, fanden sich in der Luft zu einem einzigen Ganzen, das eine Schlaufe flog oder zwei und beim Landen flirrte wie fallendes Laub, ehe der Schwarm wieder in Einzelne zerfiel. Und wie immer malte sie sich aus, sie steige mit den Dohlen auf, füge sich in den Schwarm und gleite als eine von ihnen den rohen, duftenden Hängen entlang, um nach der Landung weiterzumarschieren als Margrith Schmied, die Bibliothekarin.

Es warteten noch andere Traditionen: Ein Nachmittag bei Kaffee, Kuchen und einem guten Buch im Café Schnyder musste sein, auch ein Nachtbad, und jeden letzten Abend gönnte sie sich ein Abendessen in vier Gängen im Roten Salon des Haupthauses. Margrith Schmieds liebste Gewohnheit aber war es, in einer der Nächte (jener, in der kein Nachtbaden stattfand) die Bergflanke hinterm Hotel emporzusteigen, so lange, bis sich der Weg verlor, danach durchfroren und glücklich wieder abzusteigen und nach kurzem Schlaf, noch vor der Morgendämmerung, ins dampfend heiße Bad zu steigen. Sie fühlte bei diesen Ausflügen keine

Furcht, sie hielt sich für so unscheinbar, dass niemand ihr etwas antun würde, und bergsicher war sie auch, hatte gute Schuhe und gar, für alle Fälle, kleine klappbare Steigeisen.

Kurz nach Mitternacht verließ sie auch diesmal das Haus Tomül, nahm beschwingt das Treppchen, das von der Hotelauffahrt ins erste Waldstück führte, und stieg mit stetem Gang empor. Sie mochte die Geräusche, die nachts viel stärker waren, das Knacken des vereisten Bodens, das Schaben oder Knirschen ihrer Sohlen auf dem verharschten Schnee (der Neuschnee war schon wieder weggeschmolzen), das Wischen, wenn die Ärmel ihrer Wanderjacke den Rumpf streiften (denn die Jacke hatte sie zu groß im Ausverkauf erstanden, dafür war sie von erster Qualität), das dumpfe Pochen in Brust und Ohren, als ihr Puls stieg, und natürlich ihren Atem, den sie sehr bewusst kontrollierte. Um die Lunge zu schonen, atmete sie so wenig wie möglich durch den Mund (dabei dachte sie an Hans Castorp in Thomas Manns *Zauberberg*). Leider war die Nase nicht ganz frei, und manchmal musste sie wohl oder übel durch den Mund einatmen, wollte sie nicht in Sauerstoffnot geraten. Dazu blieb sie aber stehen und hielt den Schal vor. Sie staunte über die Stille, die sie umgab, als sich ihr Puls beruhigte.

Je höher sie kam, desto vereister war der Boden.

Sie kämpfte sich durchs Unterholz und musste mehrmals herzhaft zugreifen, um nicht abzurutschen, einen Ast fassen, einen Felszahn oder einfach die Erde vor sich. Die gestrickten Handschuhe litten, doch darauf konnte sie jetzt keine Rücksicht nehmen. Sie genoss den Schneeduft (auf jenes Wort war sie bei Robert Walser gestoßen, dessen *Geschwister Tanner* sie gerade wieder las). Die Nacht war herrlich, der Talboden lag schon unwirklich weit entfernt. Sie fühlte sich immer freier und kauerte schließlich gar an einem dünnen Pfad, der wohl zu einem der verstreuten Ställe führte, nieder, um zu pinkeln. Auch das, erinnerte sie, hatte sie früher schon getan, und wie jedes Jahr entdeckte sie, wie anders sie sich gleich fühlte. Wie wichtig und richtig es doch war, sich der Wildnis auszusetzen, sagte sie sich, den Körper wieder wahrzunehmen als ein Stück lebende Natur. Im Grunde war ja auch sie nur ein Tier, und viel naheliegender war es, das Geschlecht der freien Luft auszusetzen, als eingeschnürt zu sein in Kleider, in ein Leben hinter Fenstern, Mauern und Bücherregalen, eingeschnürt in all die täglichen Bemühungen, sich zu verhalten, wie es Anstand oder menschliche Gewohnheit forderten. (Der Wagemut in ihrem Denken, das war ihr auch in diesem Augenblick bewusst, verlor sich jeweils gleich, wenn sie zurück im Bad und unter

Menschen war. Nicht einmal im Nacktbereich getraute sie sich, das Letzte auszuziehen, obwohl es dort die Regel war, schämte sich fürs Nacktsein ebenso wie dafür, dass sie die Regel brach, und gab den Schwitzstein sofort frei, wenn ein Nackter eintrat.)

Als sie höher stieg, musste sie Weideland überqueren. Das war nicht einfach, unter ihren Tritten löste sich der Schnee vom welken Gras und rutschte ab. Sie war erleichtert, als sie eine Waldzunge erreichte und Halt in Wurzeln und Stämmen fand. Dennoch rutschte sie noch mehrmals ab, tastete mit den Füßen blind nach Widerstand und trat plötzlich gegen etwas Weiches, das ein Geräusch ausstieß, vielleicht ein Bellen, vielleicht nur ein Keuchen. Sie erschrak sehr, und gleich nochmals, denn sie sah auf dem verschneiten Boden ein Reh liegen, das sich vergeblich aufrichten wollte, womöglich hatte es etwas gebrochen.

Der Mond gab nicht so viel Licht, dass sie Wunden gesehen hätte. Sie erkannte nur, dass ebenso das Fell des Rehs wie auch der Schnee dunkle Flecken hatten, das konnte Blut sein oder Kot. Das Reh zitterte heftig, starrte sie mit großen Augen an, und Margrith Schmied wunderte sich, dass ein Reh so klein war und sein Kopf so schmal und hager. Sie fühlte sich sehr hilflos. Gern hätte sie das Tier gestreichelt. Doch als Kind hatte man ihr beigebracht, dass wilde Tiere, an denen Menschengeruch haftet, von der Herde ausgestoßen werden, und so hielt sie Abstand.

Sie konnte das Reh aber zudecken – sie nahm an, dass es vor Kälte zitterte –, nicht mit der Jacke, die roch auch nach Mensch, aber mit Tannenreisig. Ein Waldstück tiefer hatte sie eine Stelle mit Holzschlag passiert (sie kannte das Wort ›Holzschlag‹, seit sie Tolstoi gelesen hatte). Sie war sich nur nicht sicher, dass sie die Stelle wiederfand, und wenn, fand sie vielleicht danach das Reh nicht mehr. So beschloss sie, eine lebende Tanne zu entasten. Sie wählte eine, die ohnehin krumm gewachsen war, und zog ihr Schweizermesser im Liliput-Format, das ihr schon gute Dienste geleistet hatte. Hier richtete es leider nichts aus. Sie musste die Äste von Hand abreißen und wunderte sich, wie zäh sie mit dem Stamm verwachsen waren. Als endlich ein Ast nachgab, schlug sie sich am Baumstamm einen Fingerknöchel blutig, durch den Strickhandschuh hindurch. Sie riss drei Äste ab, entfernte Eis und Schnee, so gut es ging, und deckte damit dem Reh den Leib. Es blieb fast reglos – den Kopf hatte es längst wieder fallen lassen –, nur die Ohren blieben in Bewegung, es schien doch wachsam.

Margrith Schmied begann mit ihm zu sprechen. Mit möglichst fester, dabei gedämpfter Stimme klärte sie es auf, dass sie ihm nur das Beste wolle. Sie schälte auch die Mandarine, die sie als »Gipfelproviant« mitführte, und hielt dem Reh ein Schnitzlein vor die Nase. Es fuhr unmerklich zurück, zu mehr reichte die Kraft wohl nicht mehr, die Frucht schien es nicht zu interessieren. Dennoch hätte Margrith Schmied es nicht in Ordnung gefunden, sie nun selbst zu essen. Sie legte sie so in den Schnee, dass sie dem Reh erreichbar blieb, dass aber der Geruch es nicht zu sehr bedrängte. Das Reh selbst roch recht heftig, auch das nahm Margrith Schmied mit leisem Staunen wahr, es roch wie jemand, der über längere Zeit die Haare nicht gewaschen hat, und außerdem nach Kot.

Bedrückt betrachtete sie es. »Nun weiß ich gar nicht, was ich mit dir machen soll«, sagte sie. Doch da sie Stifter über alles liebte und seine Novelle *Bergkristall* stets bei sich trug (dieser Novelle wegen, die in der Christnacht in den Bergen spielte, hätte sie so gern die Weihnachtstage hier verbracht), entschied sie sich, ihm vorzulesen. Behutsam, um das Tier nicht zu erschrecken, zog sie den Reißverschluss der Jacke und nahm aus der Brusttasche ein Reclambüchlein, das schon ganz zerlesen war. Das Mondlicht war zu schwach, als dass sie wirklich hätte lesen können, doch die Stelle, die sie wählte, konnte sie fast auswendig.

»Es geht um Kinder, die sich am Berg verirren«, erklärte sie dem Reh. Erst las sie etwas schüchtern, doch schnell wurde ihre Stimme freier. *»Die Kinder gingen nun in das Eis hinein, wo es zugänglich war. Sie waren winzigkleine, wandelnde Punkte in diesen ungeheuren Stücken. Wie sie so unter die Oberhänge hineinsahen, gleichsam als gäbe ihnen ein Trieb ein, ein Obdach zu suchen, gelangten sie in einen Graben, in einen breiten, tiefgefurchten Graben, der gerade aus dem Eise hervorging.«* Hier fiel ihr eine Stelle nicht mehr ein und ließ sich auch nicht entziffern, doch sie fand den Faden wieder. *»In der ganzen Höhlung aber war es blau, so blau, wie gar nichts in der Welt ist, viel tiefer und viel schöner blau als das Firmament, gleichsam wie himmelblau gefärbtes Glas, durch welches lichter Schein hineinsinkt. Es waren dickere und dünnere Bogen, es hingen Zacken, Spitzen und Troddeln herab, der Gang wäre noch tiefer zurückgegangen, sie wussten nicht wie tief, aber sie gingen nicht mehr weiter. Es wäre auch sehr gut in der Höhle gewesen, es war warm, es fiel kein Schnee, aber es war so schreckhaft blau, die Kinder fürchteten sich, und gingen wieder hinaus. Sie gingen eine Weile in dem Graben fort und kletterten dann über seinen Rand hinaus.«*

Eben da, als hätte es verstanden, versuchte auch das Reh nochmals aufzustehen, sackte jedoch gleich wieder ein und schien danach noch etwas kleiner. Schüttelfrost durchfuhr es, und wieder seufzte es. Danach getraute Margrith Schmied sich nicht weiterzulesen. Gern hätte sie dem Reh erklärt, was es aus dem Zitat gewinnen könne, doch musste sie sich eingestehen, die Stelle hatte sie aus Eigennutz gewählt. Es war ihre Lieblingsstelle, mit dem Reh und seiner Lage hatte sie nichts zu tun, und es gewann daraus auch wohl nichts.

Und weil sie erinnerte, dass Tiere gern allein sind, wenn sie sterben, beschloss sie, sich zurückziehen. Sie verschob die Äste so, dass sie das Reh ein bisschen besser deckten, dann wünschte sie ihm frohes Sterben und erhob sich.

Ohne Irrweg und sicher kam sie zum Hotel, nur einmal stürzte sie und schlug beim Versuch, sich aufzufangen, ein zweites Mal den Fingerknöchel auf. Schlafen konnte sie nicht, immer wieder fragte sie sich: Hatte sie das Richtige getan? Hätte sie nicht Hilfe holen sollen? Allerdings, wer stieg schon für ein abgestürztes oder angeschossenes oder angefallenes Reh nachts den Berg empor? Und wenn, was konnte man schon tun? Sie stieg auch morgens nicht ins heiße Bad und mochte nichts frühstücken, sondern trank nur eine Tasse Tee mit zwei Stück Zucker, um sich zu stärken, dann lieh sie beim Hausdienst einen Spaten und stieg ein zweites Mal bergwärts.

Meist war sie sich des Weges sicher, immer wieder fand sie ihre Spuren. Erst als sie die letzte Waldzunge erreichte, verließ sie die Erinnerung, und sie irrte eine Weile umher, ehe sie die Stelle fand. Sie hatte fest damit gerechnet, dass das Reh inzwischen tot sei, und hatte es begraben wollen (oder wenigstens es mit Schnee und Ästen bedecken). Doch sie fand nur zerwühlten Schnee, von dem sie auch bei Tageslicht nicht sagen konnte, ob er von Blut verfärbt war oder von Kot, die Tannenreiser und die gefrorene Mandarine (deren Schale sie noch in der Hosentasche trug). Als Kind hatte sie *Lederstrumpf* verschlungen, trotzdem kannte sie sich im Spurenlesen zu wenig aus, um zu sagen, ob der aufgewühlte Schnee auf einen Kampf verwies. Doch sie befürchtete sehr, ein Wolf habe das geschwächte Reh gerissen. Vergeblich suchte sie das Waldstück und die Wiese nach dem Tier ab oder wenigstens weiteren Zeichen, dann stieg sie wieder nieder.

Sie fror, als sie das Tal erreichte, und verbrachte fast den ganzen Tag im Bad, ins Wasser stieg sie allerdings nur kurz. Für sechzehn Franken Miete gönnte sie sich einen Bademantel, der schön wärmte, legte sich auf eine Liege und blätterte in ihrem Buch. Sie konnte sich jedoch nicht konzentrieren. Stattdessen sah sie durch die Fenster zu, wie draußen der Tag verstrich. Gelegentlich verfolgte sie eine Dohle, die von einer der hohen Lärchen herab ins Leere stürzte und ihrem Blick entglitt.

Erst als die Dämmerung hereinbrach, knipste sie das mobile Leselämpchen ein, das Frau Marti ihr zwei Jahre zuvor zu Weihnachten geschenkt hatte und das seither zuverlässig seinen Dienst tat. Sie schlug *Geschwister Tanner* auf und war schon ganz in Robert Walsers Welt, als eine Stelle sie zurückriss. *»Da ging die Sonne unter«*, las sie, *»und alles war dunkel. Das Bettelkind saß im Schnee und fror doch nicht. Es hatte zu Hause Schläge bekommen, warum, das wusste es selber nicht. Es war eben ein klein Kind und wusste noch nichts. Seine Füßchen froren ihm auch nicht, und doch waren sie nackt. In des Kindes Auge glänzte eine Träne, aber es war noch nicht gescheit genug, um zu wissen, dass es weinte. Vielleicht erfror das Kind in der Nacht, aber es spürte nichts, spürte gar nichts, es war zu klein, um etwas zu spüren. Gott sah das Kind, aber es rührte ihn nicht, er war zu groß, um etwas zu spüren.«*

Sie las die Stelle mehrmals, bald rannen ihr Tränen herab. So legte sie das Buch zur Seite, verbarg, so gut es ging, das Gesicht im Saum des Bademantels und weinte, weinte lange bitterlich und fühlte sich doch irgendwie getröstet.

Stille Nacht

Als Reimer Enz sein Zimmer bezog, hatte er einen Kloß im Hals. Die makellos gebügelte Bettwäsche, die malerische Aussicht vor dem Fenster, das fast die ganze Front einnahm und schwarz gerahmt wie eine Leinwand war, Pralinen, rotwangige Äpfel und eine ausladende Veranda mit Sessel und Liege – so großartig hatte er sich seine Ferien nicht erträumt. Nur die Musikanlage befremdete ihn etwas, da verkaufte er im Discountmarkt Besseres. »Du lässt es dir zu deinem Sechzigsten ja tüchtig gutgehen, Junge, Junge«, sagte er sich dennoch. Er räumte die Kleider in den Schrank, zog die Badehose an, schlüpfte in Bademantel und Schlappen und schritt, wie man in Bademantel und Schlappen gern schreitet, zum Lift, um auch gleich die Therme zu erkunden.

Er fühlte sich wie im Museum. Jeder Raum, jede Nische war ein neues Abenteuer. Im Klangbad brummte er in Harmonie mit einer französischen Familie und berauschte sich am Dröhnen seines sonst eher unscheinbaren Basses, der im Turmgewölbe über ihren Köpfen die Luft erzittern ließ. Leider zog die Familie bald weiter, und allein zu singen machte wenig Spaß. Dafür entdeckte er das Blütenbad, schloss die Augen und malte sich aus, er liege in einem prallen Meer von Ringelblumen, Edelweiß und Enzian. Und dann das Feuerbad, das alle ächzen und zaudern ließ, manch einer schaffte es gar nicht hinein – er schon, und beinah lautlos. Das allerdings machte ihn übermütig, kopfüber stürzte er sich ins Eisbad und bereute. Denn nachdem er japsend das Becken verlassen hatte, schwindelte ihn, er musste niederkauern und versperrte anderen den Weg. Dabei hatte er ihnen eben erst erklärt, wie wichtig es war, schnell vom Heißen ins Kalte zu wechseln, der Kapillaren wegen, das war ja überhaupt der Clou.

Danach ließ er es gemächlicher angehen, trieb im großen Becken und versuchte, toter Mann zu spielen. Einigen vergnügten Frauen folgte er ins Außenbecken, legte sich wie sie auf einen Mauervorsprung, ließ den Körper warm umspülen und atmete die klare Bergluft. Hier ließ es sich wunderbar sonnen, um ein Haar wäre er eingedöst. Doch da verschwand die Sonne hinterm Dach, das Licht war plötzlich grau und reizlos, und ihn begann zu frösteln. Dennoch, ehe er hineinging, musste er

Massagedüsen ausprobieren und die Nackenbrause, prustend ließ er sich massieren, Schultern, Scheitelpunkt und Stirn, danach war er wieder wach. »Toll, was?«, sagte er zu einem Nachbarn und blieb unterm Strahl, bis er krebsrot angelaufen war. Nun drängte es ihn auch nicht mehr ins Warme, lieber wanderte er den Beckenrand entlang, ruderte mit den Armen und atmete die würzige Luft.

Um sich trockenzureiben, musste er dann doch hinein. In den Mantel gewickelt, legte er sich auf eine der Pritschen mit Blick auf jenen imposanten Berg, dessen Namen ihm leider niemand nennen konnte. Plötzlich fühlte er sich etwas einsam zwischen all den Ehepaaren und Verliebten. Mehrmals wechselte er die Pritsche, um jemanden zu finden, mit dem er plaudern konnte, doch erfolglos. So ging er schließlich in sein Zimmer, wusch sich mit der Blütenseife, rieb eine Körpermilch mit – halt dich fest! – Schafmolke ein und bedauerte, dass er die Pralinen schon gegessen hatte. Er zog sein gutes Hemd an, dessen Weinrot so schön zum flechtengrünen Anzug und den perforierten Lederschuhen passte.

Fürs Abendessen war er noch zu früh, doch in der Halle wurde musiziert. Bei einem Glas Prosecco applaudierte er der hübschen Sängerin, die leider mit dem Mikrophon ganz schlecht zurechtkam, es poppte dauernd. Zu gern hätte er ihr beigebracht, wie sie es halten musste, er traute sich dann aber nicht.

Sobald der Speisesaal geöffnet wurde, stand er auf. Sein Tisch lag an der Schiebewand zur Halle, so hörte er die Sängerin noch eine halbe Stunde lang. Erst war er fast allein im Saal, doch er genoss die sieben Gänge. »Junge, Junge«, sagte er sich mehrmals, »lässt du es dir gutgehen!«

Zwei deutsche Damen reifen Alters saßen nicht weit, ihnen lauschte er, während er aß. Leider hörte er nur Fetzen, doch es machte Freude, ihnen zuzusehen, wie sie schwatzten. Ab und zu ertappte er sich, dass er lächelnd nickte, so, als sitze er bei ihnen. Manchmal kreuzte er auch Blicke mit der einen Dame, und ein leiser Schauer durchfuhr ihn. Sie trug das dunkle Haar zu einem kessen Pagenkopf frisiert und hatte etwas Stoisches, das ihn sehr anzog.

Viel zu bald war er beim Nachtisch angelangt, die meisten Gäste trudelten erst ein. Er trank noch einen Kaffee und ein Wasser, dann erhob er sich. Er war etwas schläfrig nach dem üppigen Dinner, und weil er keinesfalls das Nachtbaden verpassen wollte, beschloss er, sich kurz aufs Ohr zu hauen. Sein Zimmer war bereits zur Nacht gerichtet, die Decke war zurückgeschlagen. Er zog den Anzug aus, hängte ihn an die Stange zurück, schlüpfte unter die Decke und dämmerte tatsächlich weg. Als er hochschreckte und nach der Zeit sah, war das Nachtbaden schon in vollem Gange. Eilig fuhr er in die Badehose und die Latschen, die nun nass und kalt waren. Überhaupt fror er und ärgerte sich, dass er eingeschlafen war.

Dafür empfing die Therme ihn in aller Wärme. Es wurde schweigend gebadet, das Licht war gedämpft, alles sehr vornehm. Und dann entdeckte er die Dame mit dem Pagenkopf, allein. Höflich Abstand wahrend, folgte er ihr durch die Schleuse nach draußen, bewunderte wie sie den Nebel überm Becken, den schwarzen Himmel, die laue, klare Luft. Als sich ihre Blicke kreuzten, schien sie ihn tatsächlich zu erkennen. Er nickte, dann stakte er an ihr vorbei zu einer Düse, er wollte sie ja nicht bedrängen. Dennoch, als sie wenig später in die Halle ging, folgte er ihr wieder. Und ihr war das nicht entgangen, denn bevor sie sich auf eine Pritsche legte, wandte sie sich nach ihm um, ganz so, als sei nur selbstverständlich, dass er sich neben sie gesellte. Er tat es mit klopfendem Herzen, und als er lag, flüsterte er (da man ja schweigend badete): »Ist es nicht herrlich hier?«

Die Dame nickte. »Ich komme jedes Jahr«, erzählte sie. »Früher mit meinem Mann, inzwischen …

Nun, es findet sich immer jemand, der mich begleitet.« Sie lächelte, und als er sagte: »Das kann ich mir gut vorstellen«, lachte sie gar laut.

»Ich bin allein«, fügte er noch hinzu, dann schwiegen sie. Er betrachtete die riesengroße Fensterscheibe, die das warme, matte Licht der Therme spiegelte, dahinter lag unsichtbar der große, starke Berghang. Einmal wagte er, die Dame anzusehen, sie hatte die Augen geschlossen und schien zu summen. Sicher konnte er nicht sein, denn seit fünf Jahren plagte ihn ein Tinnitus. Noch hatte er den Blick nicht abgewandt, da hob sie die Lider, sah ihn an und ließ ein zauberhaft flüchtiges, wie wegwischendes Lachen hören (er hatte sie schon beim Essen so lachen hören), bevor sie sagte: »Ich heiße Gudrun. Kennen Sie den Schwitzstein?«

»Nein«, sagte er, während sie sich erhob und ging. Erst etwas später begriff er, dass sie ihn eingeladen hatte. Er sah sie nirgends mehr und fragte einen Bademeister nach dem Schwitzstein. Der zeigte in eine dunkle Nische noch hinter den Toiletten und den Duschen. Wirklich war da ein Durchgang, den er bei seinem Rundgang übersehen hatte, und auf zwei Schildern stand »Nacktbereich« und »Schwitzstein«. Reimer Enz erschauerte vor Erregung, als er in den Vorraum trat und aus der Badehose stieg. Durch fast völlige Finsternis tastete er sich den Weg, schwere gummierte Vorhänge musste er beiseiteschieben, so durchquerte er zwei Zellen, die nur aus je einem Sitzstein – oder eben »Schwitzstein« – links und rechts bestanden. Von Zelle zu Zelle steigerten sich Dampf und Hitze, in der dritten stand ein Ofen, und direkt neben dem Ofen saß Gudrun, kaum erahnbar, denn nur gelegentlich und nur für Momente erglühte eine matte Deckenlampe.

»Ich bin Reimer«, hauchte er des Schweigegebots wegen (dabei waren sie allein) und wollte sich schon zu ihr setzen, da flackerte erneut das Licht auf. Er sah, dass Gudrun gar nicht nackt war, und setzte sich erschreckt ihr gegenüber, um züchtige Haltung bemüht. »Ist hier nicht Nacktbereich?«, fragte er noch immer flüsternd.

»Achten Sie bitte nicht auf meine Zehen«, bat sie ihn statt einer Antwort, »die sind leider alles andere als schön.«

Natürlich sah er gleich auf ihre Zehen, doch im Finstern war nichts zu erkennen. »Was ist mit Ihren Zehen?«, fragte er, worauf sie ihm in zwei, drei Sätzen ihre Krankheit schilderte, eine von Kindheit an fortschreitende Verdickung und Verhornung der Zehennägel, die sich nur notdürftig kaschieren ließ.

Reimer Enz beugte sich vor und sagte: »Kleiner Makel erhöht den Reiz, nicht wahr?« Zugleich glomm wieder jenes kupferfarbene Licht auf und beschien ihr von schimmerndem Haar umrahmtes Gesicht, sie war schön wie Kleopatra.

Und wieder ließ sie ihr abenteuerliches, wie wegwischendes Lachen hören. Dann stand sie auf, er meinte schon, sie setze sich nun zu ihm, stattdessen ging sie. Er hörte die schweren, schwarz gummierten Vorhänge schlagen und wie sie die Brause aufdrehte. Verwirrt erhob auch er sich, ihm war nicht klar, womit er sie vertrieben hatte. Als er in den besser beleuchteten Vorraum kam, duschte sie mit dem Rücken zu ihm, so wandte auch er sich ab, zog die Badehose an und murmelte eine Entschuldigung, obwohl er nicht wusste, wofür. Erst als er schon zur Tür hinaus war, bemerkte er, dass sie inzwischen nackt war. Sie war nackt und sah ihm nach. Weshalb war sie nackt, fragte er sich, für ihn? Nein, viel eher war sie froh, dass er sie endlich unbelästigt schwitzen ließ.

Es war inzwischen ein Uhr nachts, die Putzequipe war schon unterwegs. Er nahm den Zimmerschlüssel 741 von der Theke und sah, dass der letzte Schlüssel, der dalag, die 740 war – offensichtlich waren sie Nachbarn. Leicht bedrückt ob all der Rätsel und des offenbaren Missverständnisses nahm er den Lift und betrat sein Zimmer, cremte sich ein, hüllte sich wieder in den Bademantel und trat auf die Veranda. Allmählich beruhigten sich seine widerspenstigen Gefühle, die Erregung, der Schreck, die Scham. Aufseufzend betrachtete er den wunderbaren Berg, der klar gezeichnet im Mondlicht stand, und rief sich in Erinnerung, wie klein und unbedeutend doch der Mensch mit seinen Regungen war. Er lauschte, vermutlich zirpten Grillen, doch er hörte nur das Rauschen seines Tinnitus. Egal, die Nacht war zweifellos vollkommen, und in einer Anwandlung dankte er dem lieben Gott für alles, was ihm widerfahren war.

Dann hörte er hinter dem Paravent, der seitlich bis ans Geländer reichte, eine Balkontür gehen, ein Stuhl wurde gerückt, und jemand setzte sich.

»Sind Sie das, Gudrun?«, fragte er. »Ich bin es, Reimer.«

Er hörte sie verwundert fragen: »Sie?«

»Tatsächlich, wir sind Nachbarn«, rief er unvernünftig laut. »Ist das nicht verrückt?«

Sie schwieg, doch immerhin stand sie nicht auf und ging hinein. Ermutigt fuhr er fort: »Ich war nicht vorbereitet vorhin, ich war überwältigt, überfordert. Können Sie mir verzeihen?«

Und wirklich schenkte sie ihm nochmals ihr wie weggeworfenes Lachen, das so betörend klang, so frei und großherzig, so gar nicht der Enge alles Irdischen unterworfen.

»Es ist lange her«, erklärte er, »dass eine Frau mich angesehen hat wie Sie … oder zumindest, dass ich mir einbilden durfte …« Er wusste nicht, wie er den Satz beenden sollte, und fing an anderer Stelle an. »Ich bin nicht sehr begabt, was Frauen angeht«, sagte er ihr, »doch ich fühle, ich bin an einem Wendepunkt. Das Leben muss mit sechzig nicht vorbei sein, oder?«

Wieder lachte sie kaum hörbar, das reichte ihm, denn er hatte selbst sehr viel zu reden. Erst beschrieb er ihr, wie schwer es ihm inzwischen fiel, sich in Abenteuer zu stürzen, wie sie ihm eines früher am Abend – womöglich – angeboten hatte, und warum. Er sprach von den Entsagungen, die sein Leben geprägt hatten, von seinem Traum mit sechzehn, Pianist zu werden, der Ausbildung zum Klavierstimmer und, dem Zwang der Zeit folgend, seinem Berufswechsel hin zur Vertretung von Elektropianos. Inzwischen, gestand er, arbeitete er im Kellergeschoss eines Wiesbadener Kaufhauses in der Elektro-und-Elektronik-Abteilung und hatte schon mit dem Gedanken gespielt, sich frühzeitig pensionieren zu lassen, um sich endlich seiner musischen Ader zu widmen, an die er noch immer glaubte. Noch aber hielt er durch und hatte sich, als Ausgleich quasi, zu seinem sechzigsten Geburtstag die Reise hoch nach Vals geschenkt. Warum er durchhielt? Weil er früher nie durchgehalten hatte. Zu oft hatte er nachgegeben, nicht nur beruflich, auch privat. Denn es hatte ja durchaus Frauen in seinem Leben gegeben, und wie viel hatte er für sie getan, für jede von ihnen, wie vieles aufgegeben, was hatte er nicht alles auf sich genommen, um sie zu beglücken. Die Frauen hatten es ihm schlecht vergolten. Eine war mit einem regelrechten Macker durchgebrannt, von dem er ziemlich sicher annahm, dass er sie schlug. Eine hatte ihn nur genommen, damit er ihre Kinder aushielt, während sie sich mit aller Welt vergnügte. Eine dritte forderte von ihm gar Dinge, sexuelle, die man nur als höchst verderbt bezeichnen kann. Und gar da blieb er entgegenkommend, ein Mal nur, ein einziges, verweigerte er sich, worauf sie ihn ein »Weichei« nannte, wörtlich, und ihn in derselben Nacht für immer aus dem Haus warf.

»Sagen Sie selbst, Gudrun, habe ich mir nicht sehr sonderbare Frauen angelacht?«, fragte er, durch den Sichtschutz hindurch. Gudruns hingehauchtes Lachen trieb ihn weiterzuerzählen. Gudrun hörte wunderbar zu, alles nahm sie hin, alles schien sie zu verstehen, und bald war Reimer Enz sich gewiss, dass auch der Zwischenfall im Nacktbereich ihr nur ein Lachen wert gewesen war, dass sie weiter auf ihn wartete, dass sie willig war, ihn zu empfangen, so er willig war, sich ihr zu schenken.

Gegen vier Uhr morgens – eine Weile hatten sie noch schweigend, beide in stiller Verbundenheit sinnierend, verbracht, jeder auf seiner Seite der Trennwand – fragte er recht unvermittelt: »Gudrun, was hielten Sie davon, wenn ich nun einfach rüberkletterte und Sie, sagen wir einmal, küsste?«

Gudrun sagte dazu nichts, sie lachte auch nicht, jedenfalls nicht hörbar. Reimer Enz hatte aber seinen Entschluss schon gefasst: Er war kein Weichei mehr! Er warf den Bademantel ab, der ihn behindert hätte, und machte sich daran, erst übers Geländer, dann außen um den Paravent zu klettern, nackt, wie er war.

Schon auf halbem Weg, ein Bein noch auf seiner Seite der Veranda, eines im Leeren, entdeckte er, dass Gudruns Seite leer war. Ein Badeanzug hing zum Trocknen am Geländer – ob es ihrer war, konnte er nicht sagen. Am Haken, an dem man Anzüge lüftet, hing eine Wanderjacke an einem Bügel und wehte im Wind, so wischte sie gelegentlich dem Paravent entlang und machte ein Geräusch. Die Tür zum Zimmer stand halb offen, es blieb möglich, dass drinnen Gudrun auf ihn wartete. Doch ihm schien wahrscheinlicher, dass sie seinen Worten nicht drei Stunden lang gefolgt war.

Er kletterte zurück und ging zu Bett. Tatsächlich war er so erschöpft, dass er bis weit in den Tag hinein schlief und im Frühstücksraum der Letzte war. Vergeblich sah er sich nach ihr um. Erst als er aufstand und zur Küche ging, um jemanden zu finden, der ihm noch Kaffee machte, sah er Gudrun und ihre Freundin an der Rezeption, sie checkten eben aus. Gudrun trug die Wanderjacke und dazu ein dummes Hütchen, sie sah längst nicht so betörend aus wie tags zuvor. Nun war er fast stolz, nicht der erstbesten Versuchung erlegen zu sein, und als er sich im Zimmer umzog, um wieder zu baden, stand er wohl zehn Minuten nackt am Fenster, sah in die Landschaft und beschwor sich, dass er ein kaum weniger prächtiges Stück Natur sei als jener Berg, der sich so massig und unverrückbar erhob, und dass längst nicht alles verloren sei.

Letzte Nacht

Es war nicht Jons Idee gewesen, den Achtzigsten im Kreise der erweiterten Familie zu feiern, für ihn gab es an einem achtzigsten Geburtstag nichts zu feiern. Er hatte auch den Ort nicht ausgesucht, der hatte sich schlicht aus der Notwendigkeit ergeben, zwanzig Menschen aus allen möglichen Ländern halbwegs unkompliziert zusammenzubringen und gleichzeitig etwas Exklusivität zu behaupten. Ihm selbst wäre lieber gewesen, sie hätten sich lediglich auf einen Cocktail im Zürcher *Baur au Lac* getroffen, er war in Europa bloß auf einen Sprung zwischen Lesereisen in Australien, wo er seit fünfzig Jahren wohnte, und den USA. Dort musste er zudem eine Gastdozentur hinter sich bringen, die er schon dreimal verschoben hatte, damit verbunden war eine Ehrendoktorwürde, die er nicht hätte ablehnen können, ohne alte Freunde in Princeton vor den Kopf zu stoßen.

Er machte vieles nur noch, um andere nicht vor den Kopf zu stoßen, dennoch hatte er den Ruf eines eigensinnigen, nicht recht gesellschaftsfähigen Menschen. Man sah es ihm nach, seit er der meistverkaufte Autor seines Kontinents war (Autor eines Dutzends Romane, die es seiner Ansicht nach nicht wert waren, gelesen zu werden). Nur seine Familie bemühte sich weiterhin, ihn zu domestizieren. Vor allem seine Tochter Margret, sie hatte auch das Geburtstagstreffen organisiert. Die Familie reiste in vier Minivans an, Jon konnte sich nur wundern, wer alles offenbar mit ihm verwandt war.

Ehe sie ins Hotel fuhren, machten sie halt im Dorf, das war Jons Gewohnheit seit seiner allerersten Lesereise: In jeder Stadt, jedem Dorf, die er bereiste, besuchte er als Erstes einen Lebensmittelladen und studierte die Produkte, die Gesichter der Kunden und Kassenfräulein, die Gerüche und das Schwarze Brett. Er behauptete, er tue das, um sich ein Bild zu machen, wo er war, was ihn erwartete, und welche Schicksale die Menschen prägten, denen er an seiner Lesung begegnen würde und die x-mal mehr von ihm wussten (oder zu wissen glaubten) als er von ihnen.

Sonntags blieben die Lebensmittelhandlungen in Vals geschlossen, das nahm er als willkommenen Vorwand, um alle zu einem Spaziergang durchs Dorf zu zwingen. Der Ort war bezaubernd, das musste er Margret lassen. Wie schlafende Kinder an den Berghang geschmiegt, lag eine Handvoll alter Häuser, die noch in solider Handarbeit entstanden waren – sauber gesägte Balken, behauener Stein, hier war für die Ewigkeit gebaut worden. Zugleich war die Angst vor Lawinen und Sturzfluten fast zu riechen, an jeder zweiten Fassade wurde Gott angerufen, Verbauungen schützten das Dorf.

Allerdings, was vermochte eine Lawinenverbauung gegen einen Berg? Der Friedhof war denn auch gut gefüllt, und selten hatte er Gräber in solcher Liebe und Demut gestaltet gesehen. Überhaupt schien ihm der Friedhof der schönste Garten des Dorfes zu sein, hier zu sterben hieß ganz offensichtlich anzukommen, nicht zu gehen. Der Tod verlor von seinem Schrecken, und er hätte sich gewünscht, hier begraben zu werden.

Der Anblick der gemütlichen Gräber und der kleinen strammen Kirche (wie lange hatte er keine Kirche mehr betreten?) berührten ihn mehr, als er vor seiner Familie zugeben wollte. Um sie dennoch zu unterhalten, ließ er sie teilhaben an seinem Vergnügen über eine winzige, verstaubte Buch- und Schreibwarenhandlung, die, wie er durchs Fenster sah, auch seine Bücher führte, aber vor allem Kram wie Haarshampoo, geschnitzte Kühe oder Taschenmesser, und die daher schlicht »Handlung« hieß. Solche Dinge liebte er.

Der Spaziergang fiel länger aus, als es seinem zerfallenden Körper bekam. »Wir gehen nachher gleich in die Therme«, sagte Margret, »die Wärme wird dir guttun.«

Und das tat sie wirklich. Noch wohltuender aber war, dass Jon im Bad keine Brille trug, weil die Gläser beschlugen, und für einmal keine Ausreden suchen musste, wenn er die eigenen Enkel nicht erkannte – oder auch so tat, als kenne er sie nicht. Zwei wundervolle Stunden lang schaltete er auf taub und blind. Die meiste Zeit lag er dösend im wallenden Wasser des Außenbeckens und ließ sich von der Sonne wärmen.

Nur Margret konnte er nicht antun, sie zu ignorieren, und sie kam andauernd vorbei. »Jon«, sagte sie, »du solltest nicht mehr als eine halbe Stunde baden, das Thermalwasser belastet den Kreislauf.« »Jon, du kriegst Sonnenbrand, vergiss nicht, wir sind hier in den Bergen.« »Jon, deine Haut weicht auf, denk bitte an deine Ekzeme.« Dann nickte er jeweils gehorsam, öffnete ein Auge und sagte: »Nur noch fünf Minuten, Liebes.«

Natürlich hatte Margret recht gehabt. Als er sich in seinem Zimmer für das Essen anzog, hatte er Wallungen. Ein Schwindelanfall zwang ihn, sich hinzulegen, und seine Haut fühlte sich an wie Pergament. Er schmierte eine Tube Körpercreme ein, die er im Badezimmer fand (und ruinierte seine Anzughose, weil er zu faul gewesen war, sie nochmals auszuziehen, und nur, so gut es ging, die Beine hochschob), danach biss es ihn noch mehr. Er entschied, darüber hinwegzusehen – er hatte schon weit Schlimmeres erfolgreich ignoriert –, und ging hinunter, denn es war Essenszeit.

Obwohl sein Geburtstag erst tags darauf war, hatte man ihn mit der ganzen Mischpoke an eine Tafel gesetzt, und auch noch im hinteren Teil des Saals, der finster und wenig einladend war. Jon mochte es lieber hell, der Augen wegen, zudem hatte er erwartet, er würde allein mit Margret essen, höchstens noch mit seinen beiden Söhnen, denen er sich allerdings nie besonders verbunden gefühlt hatte und zu denen er seit dem Tod seiner Frau Mary vor zwanzig Jahren nur den nötigsten Kontakt hielt. Doch als er in den Speisesaal kam, warteten alle schon vor gefüllten Gläsern, so setzte er sich halt dazu.

Die Speisen waren hervorragend, die Weine auch, dagegen konnte er nichts sagen. Nur bedeutete ihm das nicht mehr viel, und er war gezwungen, Begeisterung zu heucheln, wollte er nicht einmal mehr unangenehm auffallen. Das Essen zog sich hin, er vertrieb sich die Zeit damit, dass er das Personal beobachtete. Er mochte die Sommelière mit ihrem knabenhaften Auftreten und breiten Wangen, die ihr etwas Wölfisches gaben. Sie roch auch, stellte er fest, wie ein Tier.

Als er zum Salatbuffet ging, sprach ihn eine Dame an. Er wunderte sich, dass ihn nach wie vor Leute erkannten, obwohl die Pressefotos der Verlage über zwanzig Jahre alt waren – aus der Zeit, als Mary noch lebte –, und er hatte mit dem Menschen von damals längst nichts mehr gemein. Die Dame hatte ihn aber drei Jahre zuvor in Offenbach gehört, auf seiner letzten Lesereise durch Europa, danach hatten sie sich angeblich unterhalten. Sie zählte ihm die Themen auf, die sie in ihrem Gespräch gestreift hatten, Jon erinnerte nicht einmal mehr, in Offenbach gelesen zu haben.

Auch die Dame hätte er gleich wieder vergessen, hätte sie nicht einen für ihr Alter unüblich strahlenden Blick gehabt (sie musste mindestens sechzig sein), ja, ihr ganzes Auftreten war das eines Mädchens. Nicht kokett, doch stürmisch, überbordend, selbstvergessen, er fand sie sehr verführerisch. Als er wieder am Tisch saß, überlegte er, an wen sie ihn erinnerte. Sie hatte enzianfarbene Augen und kleine, makellose Zähne. Wohl deshalb sagte sein Schwiegersohn, der Jons Blick gefolgt war: »Wie Maria Schell damals.« Doch das war es nicht. Mit leisem Schrecken stellte er endlich fest, dass sie ihn an seine Mutter erinnerte – und natürlich behielt er auch das für sich.

Sobald Margret den Hauptgang beendet hatte, erlaubte er sich, aufzustehen und schlafen zu gehen. Das war der Segen seines Alters: Er schlief ohne weiteres zwölf Stunden durch, und seine Träume waren angenehm unpersönlich.

»Ach, komm, Papa«, rief Margret zwar (gelegentlich nannte sie ihn wieder Papa, was war das für eine Mode?), »man wird nur ein Mal achtzig! Lass uns um Mitternacht alle anstoßen.«

Doch sie selbst hatte ihm das schlagende Argument geliefert. »Du hattest recht, Liebes«, sagte er, »das Bad war etwas zu viel für mich.«

So stand sie auf, um ihm einen Gutenachtkuss zu geben, und fragte: »Wie geht es der Hüfte und dem Nacken?«

»Besser«, sagte er, »besser«, während sie seine beiden Hände fasste – Margret hatte angenehm warme und breite Hände, er mochte es, von ihr berührt zu werden – und sagte: »Weißt du was, ich werde in deinem Namen mit allen anstoßen.«

Er fuhr hoch, zog sich aus, putzte die Zähne und legte sich ins Bett. Das kühle Leinen tat der juckenden Haut gut, doch das Blut in seinem Körper wallte noch immer. Vielleicht war es nicht das Thermalwasser, vielleicht war es die Höhe, jedenfalls fühlte er sich unangenehm aufgewühlt. Dazu kam, dass es im Zimmer stockfinster und totenstill war.

Er stand wieder auf, öffnete die Vorhänge und die Balkontür, allerdings schien ihm draußen die Stille noch drückender, und für einen Augenblick fragte er sich, ob er vielleicht das Gehör verloren hatte. Gleich darauf allerdings hörte er das Bimmeln eines Tiers mit Glöcklein, einer Katze oder eines Schafs, was immer in diesen Breitengraden Glöckchen tragen mochte. Auch die Finsternis war draußen kaum geringer als im Zimmer, mit Ausnahme der paar Weglampen. Er setzte sich in den Liegestuhl und sah empor: Der Himmel war mondlos, tiefschwarz und durchsetzt von einer Unzahl von Sternen. Die Milchstraße zog sich quer übers Tal, und Jon sah erstaunt, wie viele Sterne hinter dem Großen Bären standen. Er betrachtete ihn oft, wenn er in der nördlichen Hemisphäre unterwegs war, doch in den Städten erkannte man nur die sieben Leitsterne, für die unzählbaren kleineren war die Nacht nicht rein genug.

Und er hatte sein ganzes Leben in Städten verbracht. Er brauchte es, in einem »Grundrauschen« zu leben, er brauchte Menschen um sich. Nicht nah um sich, am liebsten war ihm, er nahm nur ihre Ausdünstungen wahr, den Lärm, die Abgase, Licht aus tausend Straßen und hunderttausend Wohnungen, das den Himmel feuerfarben tönte. Vor einer Stille und Schwärze, wie sie die Valser Berge umschloss, einer Klarheit und Unberührtheit des Himmels, wie sie ihn hier überraschte, war er – wie ihm jetzt erst bewusst wurde – sein Leben lang geflohen. Und hatte sie sich einmal nicht vermeiden lassen, wie in den Ferien mit den Kindern am Meer, hatte er wie ein Besessener die Nächte durchgeschrieben. Warum das so war, warum er die stillen Nächte so sehr floh, begriff er in dem Augenblick, als der leichte Wind drehte und das dumpfe Brummen der Hallenbadlüftung zu ihm trug.

Heftig wie ein Schlag ins Gesicht traf ihn die Erinnerung an den Herbst 1940, in dem er als neunjähriger Jonathan David Seligmann an der Hand seiner Mutter, Hannah Seligmann, geborene Hirszowski, durch Londons Innenstadt geirrt war. Seit dem Tag nach der »Reichskristallnacht«, an dem man seinen Vater auf offener Straße erschossen hatte, waren sie auf der Flucht, von Berlin nach Zürich, weiter nach Paris und schließlich nach London. Seine Mutter und er waren die letzten Seligmanns in Freiheit, die Großeltern und beide Brüder seines Vaters waren verhaftet und seither verschollen. Der Bruder seiner Mutter war mit ihnen geflohen, doch interniert worden, sobald sie England erreicht hatten, sollte nach Australien deportiert werden und starb mit einigen hundert anderen, als ein deutscher Torpedo das Schiff versenkte.

In London wohnten sie in einer Flüchtlingspension. Doch das Geld ging aus, und an jenem Tag hatte Jons Mutter sich in einer deutschsprachigen Buchhandlung im Museumsviertel beworben, sie hatte gehört, der Besitzer suche eine Hilfskraft. Wie Jons Vater hatte sie in Berlin für einen jüdischen Verlag gearbeitet, und zu ihrer großen Freude wurde sie eingestellt. Zur Feier des Tages lud sie Jon zum Eis ein. Danach fehlte ihnen allerdings das Geld für den Bus zurück zur Pension. Sie gingen zu Fuß und verliefen sich mehrmals, denn viele Straßen waren gesperrt, weil nach den Bombardements Häuser einzustürzen drohten oder Blindgänger gefunden worden waren. Dazu kam, dass die Londoner die Straßenschilder abgeschraubt hatten, um die Deutschen im Fall einer Invasion zu verwirren. Erst fragten sie sich durch, doch als die Nacht hereinbrach, wurde Fliegeralarm gegeben, die Londoner flohen in ihre Wohnungen oder in die U-Bahn-Schächte, und Jon und seine Mutter fanden sich plötzlich allein. Die deutschen Bomberpiloten bevorzugten Vollmondnächte, das Mondlicht spiegelte sich in der Themse und half ihnen, sich zu orientieren. Bei Leermond – und jene Nacht war eine Leermondnacht – scherten sie sich kaum um ihre Befehle und warfen ihre Bomben ab, wo sie gerade Licht sahen. In diesen sogenannten »schwarzen Nächten« waren die Brandschutzwarte daher doppelt wachsam, dass auch ja alles verdunkelt und niemand im Freien war. Es konnte angeblich reichen, dass jemand eine Zigarette anzündete, um die Bomber anzulocken. Auch Jon und seiner Mutter wurde auf ihrem Weg mehrmals befohlen, sich unterzustellen. Doch Jons Mutter war sicher, sie hätten die Pension beim Swiss Cottage fast erreicht, und weil Jon schon in der ersten Nacht, in der sie in einem U-Bahn-Schacht untergekommen waren, Läuse aufgelesen hatte, bestand sie darauf, dass sie im kleinen Keller der Pension Schutz vor Trümmern und Schrapnellsplittern suchten.

Als die Deutschen heranflogen, waren sie eben in einem Park oder Garten. Es war so finster, dass sie sich nur noch vorwärtstasten konnten. Erst hörten sie die Ratten rascheln, gleich darauf das noch ferne, stete Brummen der Bomber und einige Meilen entfernt, vermutlich in den Docks, erste Detonationen. Die Luftabwehr begann zu schießen, und mancherorts färbte der Horizont sich matt orange. Wenn dort die Docks lagen, wussten sie jetzt immerhin, wo Südosten war (sie mussten nach Norden). Doch ehe sie sich wieder auf den Weg machen konnten, flog ein Bomber in ihre Richtung und ließ seine Bomben fallen. Die erste detonierte auf Höhe des Museumsviertels, die zweite näher, wohl in einer der Straßen, durch die sie eben gegangen waren. Jon zählte. Meist warfen die Flugzeuge sechs Bomben ab. Während die dritte explodierte, ging mit einem Knall ganz nah bei ihnen ein Suchscheinwerfer an, ein zweiter folgte, sie tasteten den Himmel nach dem Flugzeug ab. Unbeirrt ließ der Pilot auch noch die restlichen drei Bomben fallen (sie detonierten zwei, drei Straßenzüge weiter östlich), dann flog er eine Schlaufe und wohl zurück nach Deutschland. Die nächsten zwei, drei Stunden lang – Jons Mutter hatte ihre Uhr bereits versetzt – flogen deutsche Flieger über London, einige warfen Fackeln an Fallschirmen ab, die sogenannten *Christbäume*, damit sie ihre Ziele besser sahen. Doch das Bombardement konzentrierte sich nun auf den Süden der Stadt, und die Flak im Park machte schließlich die Scheinwerfer wieder aus. Jons Mutter saß die ganze Zeit über an einen Baumstamm gelehnt, Jon lag in ihrem Schoß, den Kopf an ihrer Brust. In einigen Nachbarstraßen brannten Häuser, gelber Rauch stieg auf. Doch direkt über ihnen blieb der Himmel schwarz und tief und von so vielen Sternen übersät, wie Jon ihn noch nie gesehen hatte. So hatte er irgendwann nicht einmal mehr Angst, er staunte nur über die Welt, die in jener Nacht zugleich so unerschütterlich und so zerbrechlich wirkte. Und seiner Mutter schien es ähnlich zu gehen. Denn als zuletzt über den Docks doch noch ein Flugzeug getroffen wurde, in der Luft explodierte und in weitem Bogen niederfiel, sagte sie nur verträumt: »Wie eine Sternschnuppe.«

Bald darauf brach der Tag an, und sie fanden leicht zurück in die Pension. Man hatte sich um sie gesorgt, und die Pensionsinhaberin, eine alte Schottin, drängte darauf, dass Jon wie die Londoner Kinder aufs Land kam. Verwandte von ihr in Glasgow wollten ihn aufnehmen, und sie bezahlte ihm sogar die Zugfahrt. Jon weigerte sich, ohne seine Mutter zu fahren, und ließ sie lange weinen und betteln, ehe er nachgab. Natürlich wollte sie nun, da sie eine Stelle hatte, nicht fort.

Am Bahnhof weinten sie nicht mehr, sie redeten auch wenig – die Entscheidung, sich das erste Mal in ihrem Leben zu trennen, hatte beide still gemacht. Sie sei froh, ihn sicher zu wissen, sagte sie schließlich, bis nach Glasgow fliege ganz bestimmt kein deutscher Bomber.

»Und wenn die Invasion kommt?«, hatte er gefragt.

»Wenn die Invasion kommt, ist für euch Juden

sowieso alles vorbei«, sagte die Pensionsinhaberin. Jons Mutter ignorierte sie. Sie drückte ihn eng an sich und flüsterte: »Wenn die Invasion kommt, Jonathan, schau nur auf dich. Du bist vielleicht der Letzte der Seligmanns und Hirszowskis, du musst wieder eine Familie gründen. Hörst du, das ist das Wichtigste. Solange es Seligmanns gibt, haben die Nazis nicht gewonnen.«

Gemeinsam mit vielen anderen Kindern verließ er London, das weiter jede Nacht bombardiert wurde. Drei Wochen später rief die Pensionsinhaberin an, um ihm zu sagen, dass seine Mutter getötet worden war. Sie hatte wie oft bis nachts gearbeitet und in der Buchhandlung geschlafen. In jener Nacht hatte eine Bombe den U-Bahn-Schacht im Museumsviertel getroffen, in dem sie Schutz gesucht hatte, mit ihr kam auch der Buchhändler um. Allein in jener Woche, las er später in einem Rundschreiben des Waisenamts, waren in London 1676 Menschen getötet worden.

Er selbst blieb in England, bis er zwanzig war, danach studierte er in New York und Philadelphia. Seiner australischen Frau zuliebe zog er nach der Geburt des ersten Sohnes nach Canberra, nach ihrem Tod ließ er sich in Sydney nieder. Er hatte eine Familie gegründet, wie seine Mutter es gewünscht hatte, er hatte dafür gesorgt, dass der Name Seligmann der Welt nicht vergessen ging. Doch sein Leben lang hatte er seiner Mutter nicht verziehen, dass sie ihn verstoßen hatte, dass er nicht mit ihr hatte sterben dürfen als 1677stes Opfer der deutschen Bomber.

Jetzt erst, in der Nacht zu seinem achtzigsten Geburtstag, jener reinen, stillen Bergnacht, fühlte er etwas wie Dankbarkeit. »Zugegeben, Mama«, dachte er, »es war vielleicht nicht völlig falsch von dir, mich wegzuschicken.« Er ging nicht so weit, ihr zu vergeben, doch immerhin gestand er sich ein, dass sein Leben in gewisser Weise Sinn machte – sein Erfolg, die Familie, sein (verglichen mit den anderen Seligmanns und Hirszowskis) biblisches Alter. In diesem Licht erschienen selbst seine Macken halbwegs verzeihlich, die Harschheit, die Distanz zu den Menschen, das eigenbrötlerische, ja oft störrische Verhalten. Er hatte sein Bestes gegeben und das Leben gelebt, das seine Mutter ihm verordnet hatte, dafür durfte er sich mit gutem Recht ein bisschen loben.

So erhob er sich regelrecht fröhlich, zog sich an und verließ das Hotel, um noch etwas durch diese stille, finstere Nacht zu wandern, die ihm inzwischen richtig einladend schien. In einer waghalsigen Abkürzung brachte er den Hang hinab zur Dorfstraße hinter sich, um ein Haar wäre er ausgeglitten und zwischen die Müllcontainer gestürzt (»das fehlte noch, dass du so abkratzt«, schimpfte er mit sich).

Auf dem Dorfplatz überfiel ihn die Lust, für seine Mutter in der Kirche eine Kerze anzuzünden. Nie hatte er nach ihrem Grab gesucht, er wusste gar nicht, ob sie eines hatte. Doch eine Kerze hatte sie verdient, und wo keine Synagoge stand, tat es auch eine Kirche. (Tatsächlich waren seine Eltern Atheisten gewesen, seine Frau ungläubige Christin. Mit den Kindern hatten sie Weihnachten und Ostern so heidnisch gefeiert wie die meisten Australier.)

Die Turmuhr zeigte zwei Uhr nachts, die Kirche war geschlossen. Hätte er gewusst, wo der Küster wohnte, hätte er ihn aus dem Haus geklingelt – der Moment schien ihm bedeutend genug, um eine kleine Rücksichtslosigkeit dem Goj gegenüber zu begehen.

»Der verlorene Sohn kehrt heim, und du Trottel machst nicht auf«, murmelte er vergnügt, während er links und rechts der Kirche vergeblich nach dem Pfarrhaus suchte. Sein Misserfolg traf ihn nicht sehr. Überhaupt fühlte er sich im Hoch und hätte Berge versetzen mögen. In seinem Übermut entschied er endlich, das Tal emporzuwandern bis ans Ende der Straße, um zu sehen, was dahinter kam. Der Weg war weit für einen Achtzigjährigen (»Stimmt«, dachte er, »das bin ich jetzt, Glückwunsch, alte Socke«). Doch er hatte Zeit, war niemandem mehr etwas schuldig und konnte kaum erwarten, das Dorf hinter sich zu lassen, die Lichter und das Gebimmel der Ziegen (inzwischen hatte er sie entdeckt, in niedrigen Ställen entlang der Straße, die zu seiner Verwunderung Hausnummern trugen), um nochmals diese tiefe, ewige Nacht zu sehen.

Wo die Straße zu Ende ist – dahinter führt nur noch ein Brücklein übers Bachbett zum Skilift auf den Piz Ault –, bei den letzten Häusern des Dorfs, steht eine kleine weißgetünchte Kapelle. Zwei schmiedeeiserne Kreuze schmücken sie, eine frei hängende Glocke und eine Zahl über der schweren Holztür, die das Baujahr angibt, 1677. Darunter, auf der Türschwelle sitzend, fand Malermeister Derungs bei Morgengrauen Jon Seligmanns Leiche. Er habe erst geglaubt, der Tote grüße ihn – freundlich habe er jedenfalls ausgesehen –, und habe seinerseits genickt, wie man hier Fremden zunickt. Die Leiche wurde im Krankenwagen nach Ilanz gebracht, dort stellte man offiziell Jons Tod fest, und er wurde kremiert. Die Asche verstreute Margret im Beisein ihrer beiden Brüder zwei Monate später vor Sydney auf offener See – so, wie Jon es in einem kurz nach Marys Tod verfassten Testament verfügt hatte.

Mit den hier gedruckten Erzählungen bot Tim Krohn im damaligen »Hotel Therme« in Vals Zimmerlesungen an. Diese Tradition führt er nun im Val Müstair fort.

www.timkrohn.ch

Tim Krohn im Diogenes Verlag

Irinas Buch der leichtfertigen Liebe

Roman

Eigentlich will die in Paris lebende Russin Dunja ihrem Mann ein Fax nach Moskau schicken – dass es bei seiner Ex-Geliebten Ewa in Schweden landen wird, kann sie nicht wissen. Das fehlgeleitete Fax bringt Turbulenz ins Leben und die Phantasie der jetzigen und einstigen Liebenden. Als Ewa sich entschließt, nach Paris zu fliegen, löst dies einen Wirbel von Missverständnissen aus. Und je mehr die Beteiligten die Verhältnisse in den Griff zu bekommen versuchen, desto größer wird die Verwirrung.
Wieder einmal zeigt sich, dass die Welt mehr Vorstellung als Wille ist, dass Erotik vor allem im Kopf entsteht – und dass die Liebe ein zauberhaftes, kompliziertes Ding ist.

»Irina Jurijewna ist Tim Krohns bester Trick oder vielleicht tatsächlich sein Glück. Denn wie auch immer: Sie, die Exilrussin, rehabilitiert das inflationäre Wortgebinde vom Fräuleinwunder. *Irinas Buch* ist eine Charme-Bombe.« *Literaturen, Berlin*

Quatemberkinder

und wie das Vreneli die Gletscher brünnen machte

Roman

Quatemberkinder sind nicht wie andere Kinder – sie leben nicht nur unter Menschen, sondern gleichzeitig in der wundersamen Welt der Sagen und Mythen. Ein solches Quatemberkind ist der Waisenknabe Melchior, genannt der Melk. Er verbringt die Jugend auf der Alp, zwischen rauhen Sennen und wilden Berggeistern, und trifft auf das unbändige Mädchen Vreneli. Bald sind die beiden unzertrennlich. Als aber das Vreneli nach dramatischen Ereignissen verschwindet, treibt es den Melk zu einer rastlosen Reise…

»Ein hintersinniger Heimatroman, ein abenteuerlicher Teufelspakt und eine berührende Liebesgeschichte. Tim Krohn ist ein glänzender Erzähler.«
Süddeutsche Zeitung, München

Vrenelis Gärtli

Roman

Das Vreneli ist nicht wie andere Kinder. Schon über seine Eltern kursieren im Tal die seltsamsten Gerüchte, und als die Mutter früh stirbt, heißt es, der Vater habe mit bösen Mächten paktiert. Das Vreneli soll fort von ihm und auf die Schule, doch lernt es lieber das zwielichtige Handwerk des Zauberns und streicht in Gestalt eines roten Füchsleins über die zerklüfteten Berge und Gletscher. Nachdem es die Tochter eines reichen Fabrikanten aus der Gefangenschaft eines Hexers gerettet hat, verfolgt der es mit Wut und Ausdauer. Bald darauf trifft das Vreneli den Waisenknaben Melk, einen jungen Sennen, ein Quatemberkind wie sie – und spürt ein Sehnen, das sie bis dahin nicht gekannt hat.
Doch bringt der Fluch des Hexers auch den Melk in Gefahr…

»In einer faszinierenden schwiizerdüütsch-hochdeutschen Kunstsprache erzählt Tim Krohn seine wilden, anrührenden und ›meineidig schönen‹ Geschichten.«
BücherPick, Zürich

»Ein von Erzählkunst und Sprachwitz sprühender Roman.« *Roman Bucheli / Neue Zürcher Zeitung*

Ans Meer

Roman

Anna und Josefa waren als Mädchen unzertrennlich. In Lütjenburg an der Ostsee, wo sie aufgewachsen sind, sah man kaum je die eine ohne die andere. Nun lebt Anna in Kiel, Josefa in Zürich, und sie haben seit zwölf Jahren nicht mehr miteinander gesprochen. Anna, die sich nichts sehnlicher wünscht als eine Familie, hat sich gerade von ihrem Freund getrennt. Und Josefa, die impulsive Kindfrau, ist die Mutter des elfjährigen Jens. Zu ihrer Vergangenheit hat sie jede Verbindung gekappt. Aber Jens träumt vom Meer ... Als die Freundinnen wieder aufeinandertreffen, stehen sie nach wie vor im Bann der dramatischen Ereignisse von vor zwölf Jahren. Ein Roman über die Sehnsucht nach einem Zuhause und die schwierige Kunst des Verzeihens.

»Eines dieser Bücher, die einen nicht mehr loslassen, bis man auf der letzten Seite angelangt ist.«
Christine Lötscher / Tages-Anzeiger, Zürich

Aus dem Leben einer Matratze bester Machart

Die Hauptfigur in diesem Buch ist – eine Matratze. Von 1935 bis 1992 kreuzen viele abenteuerliche Schicksale ihren Weg. Sie fungiert als Liebesnest, Spielzeug, Bettstatt oder Retterin in der Not und verändert das Leben der Menschen, die auf ihr liegen. In acht federleichten Miniaturen blickt Tim Krohn auf das stürmische 20. Jahrhundert – aus der Horizontalen. Ein literarisches Kleinod.

»Was Tim Krohn hier zusammenschnürt, ist schier brillant. Ein tolles Kleinstpanorama allerbester Machart.« *Moritz Scheper / Die Zeit, Hamburg*

Nachts in Vals

Vals – ein malerisches Dorf in den Schweizer Alpen. Das berühmte Thermalbad und die atemberaubende Landschaft haben sie alle hergelockt: das frischverliebte junge Paar, den erfolgreichen Banker, die alleinerziehende Mutter mit ihrer kleinen Tochter, den berühmten Schriftsteller. Für alle Figuren in diesen Erzählungen von Tim Krohn gilt: Die Tage, und vor allem die Nächte, die sie in Vals verbringen, werden ihr Leben verändern.

»Tim Krohns zarte Geschichten sind stets von einer feinen Melancholie durchwoben. Sie erzählen von jungen und alten Menschen, von Verliebten und Einsamen, von ihren Sorgen, Sehnsüchten und neuen Wegen die sich öffnen.«
Babina Cathomen / Kulturtipp, Zürich

Herr Brechbühl sucht eine Katze

Menschliche Regungen

Roman

Das Jahrtausend beginnt für den pensionierten Tramfahrer Hubert Brechbühl mit großen Plänen und ohne Katze. Für das junge Paar Pit und Petzi mit viel Sex. Für Selina May ohne Arbeit. Für Erich und Gerda Wyss mit Überlegungen, wer von beiden zuerst sterben sollte. Vieles wird sich ändern, anderes nicht. Elf Bewohnerinnen und Bewohner eines Zürcher Mietshauses geraten in einen Strudel der Gefühle.

»Mehr und mehr entwickelt sich beim Lesen eine Sogwirkung. Es bleibt stets so viel offen, dass man unbedingt weiterlesen möchte. Aufhören kommt nicht in Frage.« *Felix Münger / SRF Kultur, Zürich*

»Mehr vermag Literatur nicht, universaler kann sie nicht sein.« *Milo Rau / Tages-Anzeiger, Zürich*

Martin Suter

Der Teufel von Mailand

Roman

Sonias Sinne spielen verrückt: Sie sieht auf einmal Geräusche, schmeckt Formen oder fühlt Farben. Ein Aufenthalt in den Bergen soll ihr Gemüt beruhigen, doch das Gegenteil tritt ein: Im Spannungsfeld von archaischer Bergwelt und urbaner Wellness, bedrohlichem Jahrhundertregen und moderner Telekommunikation beginnt ihre überreizte Wahrnehmung erst recht zu blühen – oder gerät die Wirklichkeit aus den Fugen?

»*Der Teufel von Mailand* fesselt von Anfang bis Ende durch seine subtile Dramatik, seine geschickte Dramaturgie und die Schilderung der düsteren Atmosphäre des Dorfes im Engadin während eines sehr nassen Frühsommers.«
Annemarie von Schwarzkopf / Norddeutscher Rundfunk, Hannover

»Hochspannender Stoff, angerichtet mit der für den Schweizer Bestsellerautor Martin Suter so typischen Milieukenntnis, die dem Roman die wunderschönen Boshaftigkeiten schenkt.«
Verena Lugert / Neon, München

Auch als Diogenes Hörbuch erschienen, gelesen von Julia Fischer

Martin Suter im Diogenes Verlag

»Martin Suter hat die seltene Gabe, Schweres leicht erscheinen zu lassen. Er schreibt einen Bestseller nach dem anderen, die inhaltlich wie literarisch glänzen.«
Michael Knoll / Bücher, Kiel

»Wenn es überhaupt einen Schriftsteller gibt, dessen Feder man gern entsprungen wäre, dann ihn.«
Elmar Krekeler / Berliner Morgenpost

Die Romane:

Small World
Roman
Auch als Diogenes Hörbuch erschienen, gelesen von Dietmar Mues

Die dunkle Seite des Mondes
Roman
Auch als Diogenes Hörbuch erschienen, gelesen von Gert Heidenreich

Ein perfekter Freund
Roman

Lila, Lila
Roman
Auch als Diogenes Hörbuch erschienen, gelesen von Daniel Brühl

Der Teufel von Mailand
Roman
Auch als Diogenes Hörbuch erschienen, gelesen von Julia Fischer

Der letzte Weynfeldt
Roman
Auch als Diogenes Hörbuch erschienen, gelesen von Gert Heidenreich

Der Koch
Roman
Auch als Diogenes Hörbuch erschienen, gelesen von Heikko Deutschmann

Die Zeit, die Zeit
Roman
Auch als Diogenes Hörbuch erschienen, gelesen von Gert Heidenreich

Montecristo
Roman
Auch als Diogenes Hörbuch erschienen, gelesen von Wanja Mues

Elefant
Roman
Auch als Diogenes Hörbuch erschienen, gelesen von Gert Heidenreich

Die *Allmen*-Krimiserie:

Allmen und die Libellen
Roman
Auch als Diogenes Hörbuch erschienen, gelesen von Gert Heidenreich

Allmen und der rosa Diamant
Roman
Auch als Diogenes Hörbuch erschienen, gelesen von Gert Heidenreich

Allmen und die Dahlien
Roman
Auch als Diogenes Hörbuch erschienen, gelesen von Gert Heidenreich

Allmen und die verschwundene María
Roman
Auch als Diogenes Hörbuch erschienen, gelesen von Gert Heidenreich

Allmen und die Erotik
Roman
Auch als Diogenes Hörbuch erschienen, gelesen von Gert Heidenreich

Außerdem erschienen:

Richtig leben mit Geri Weibel
Sämtliche Folgen

Business Class
Geschichten aus der Welt des Managements

Business Class
Neue Geschichten aus der Welt des Managements

Huber spannt aus
und andere Geschichten aus der Business Class

Unter Freunden
und andere Geschichten aus der Business Class

Das Bonus-Geheimnis
und andere Geschichten aus der Business Class

Abschalten
Die Business Class macht Ferien

Alles im Griff
Eine Business Soap
Auch als Diogenes Hörbuch erschienen, gelesen von Stefan Kurt

Cheers
Feiern mit der Business Class
Auch als Diogenes Hörbuch erschienen, gelesen von Stefan Kurt

Business Class
Geschichten aus der Welt des Managements
Diogenes Hörbuch, 1 CD, live gelesen von Martin Suter

Unter dem Strich
und andere Geschichten aus der Business Class
Diogenes E-Hörbuch, 1 CD, live gelesen von Martin Suter

Stephan Eicher & Martin Suter
Song Book
CD und Buch

Thomas Meyer im Diogenes Verlag

Wolkenbruchs wunderliche Reise in die Arme einer Schickse

Roman

Der junge orthodoxe Jude Mordechai Wolkenbruch, kurz Motti, hat ein Problem: Die Frauen, die ihm seine *mame* als Heiratskandidatinnen vorsetzt, sehen alle so aus wie sie. Ganz im Gegensatz zu Laura, seiner hübschen Mitstudentin an der Universität Zürich – doch die ist leider eine *schikse*: Sie trägt Hosen, hat einen wohlgeformten *tuches*, trinkt Gin Tonic und benutzt ungehörige Ausdrücke.
Zweifel befallen Motti: Ist sein vorgezeichneter Weg wirklich der richtige für ihn? Sein Gehorsam gegenüber der *mame* mit ihren verstörenden Methoden schwindet. Dafür wächst seine Leidenschaft für Laura. Die Dinge nehmen ihren Lauf. Und Motti kann schon bald einen vorläufigen Schluss ziehen: Auch *schiksn* haben nicht alle Tassen im Schrank.

»Thomas Meyers Entwicklungsroman im Stile Woody Allens ist eine religiöse Emanzipationsgeschichte – mit zuverlässig witzigen Pointen.«
Beate Tröger / Frankfurter Allgemeine Zeitung

Auch als Diogenes Hörbuch erschienen, gelesen von Thomas Meyer

Rechnung über meine Dukaten

Roman

Preußen im Jahre 1716. Der exzentrische König Friedrich Wilhelm I. gibt Unsummen aus für die Langen Kerls, seine Leibgarde aus lauter riesigen Männern, die er zwangsrekrutieren oder im Ausland entführen

lässt. Das widerfährt auch dem jungen Bauern Gerlach, den er zu seinem neuen Liebling erklärt.
Auch Betje, eine großgewachsene Konditorstochter, findet Gefallen an dem fremden Hünen. Während sie sich fragt, wie sie ihm näherkommen könnte, beschließt der König aus Spargründen, seine Riesen selbst zu züchten, und Betje findet sich plötzlich in offizieller Mission in Gerlachs Kammer wieder.
Doch der König hat ein, zwei Dinge nicht auf der Rechnung – darunter den unzähmbaren Zorn des norwegischen Riesen Henrikson …

»Ein unfassbar komischer historischer Roman.«
Stephan Draf / Stern, Hamburg

»Ein augenzwinkerndes Buch über Menschenplanung vor dem Gentechzeitalter.«
Daniel Arnet / SonntagsZeitung, Zürich

Trennt euch!

Die meisten Beziehungsratgeber empfehlen zu kämpfen und durchzuhalten. Die Mehrzahl der Paare aber, so Thomas Meyers provokante These, sind unglücklich – und sollten sich trennen. Denn das Leben ist zu kurz, um unnötig zu leiden.
Meyer beschreibt mit analytischer Schärfe und großer Empathie alle Phasen des Schlussmachens (die quälende Zeit davor, die Trennung selbst sowie die Zeit danach) und macht Mut zum achtsamen Umgang mit sich selbst.

»Ein streitbarer, aber durchaus auch für Trennungsunwillige inspirierender Essay über das stilvolle Beenden von Liebesbeziehungen.«
Gisa Funck / Deutschlandfunk, Köln

Urs Widmer im Diogenes Verlag

Vom Fenster meines Hauses aus
Prosa

Schweizer Geschichten

Liebesnacht
Eine Erzählung

Die gestohlene Schöpfung
Ein Märchen

Das Paradies des Vergessens
Erzählung

Der blaue Siphon
Erzählung

Die sechste Puppe im Bauch der fünften Puppe im Bauch der vierten
und andere Überlegungen zur Literatur. Grazer Vorlesungen 1991

Im Kongo
Roman

Vor uns die Sintflut
Geschichten

Der Geliebte der Mutter
Roman
Auch als Diogenes Hörbuch erschienen, gelesen von Urs Widmer

Das Geld, die Arbeit, die Angst, das Glück.

Das Buch des Vaters
Roman
Auch als Diogenes Hörbuch erschienen, gelesen von Urs Widmer

Ein Leben als Zwerg

Vom Leben, vom Tod und vom Übrigen auch dies und das
Frankfurter Poetikvorlesungen

Herr Adamson
Roman

Stille Post
Kleine Prosa

Gesammelte Erzählungen

Reise an den Rand des Universums
Autobiographie

Der Geliebte der Mutter/ Das Buch des Vaters
Zwei Romane in einem Band. Mit einem Nachwort von Roman Bucheli

Außerdem erschienen:

Shakespeares Königsdramen
Nacherzählt und mit einem Vorwort von Urs Widmer. Mit Zeichnungen von Paul Flora

Valentin Lustigs Pilgerreise
Bericht eines Spaziergangs durch 33 seiner Gemälde. Mit Briefen des Malers an den Verfasser

Das Schreiben ist das Ziel, nicht das Buch
Urs Widmer zum 70. Geburtstag. Herausgegeben von Daniel Keel und Winfried Stephan

Die schönsten Geschichten aus Tausendundeiner Nacht
Erzählt von Urs Widmer. Mit vielen Bildern von Tatjana Hauptmann

Liebesbrief für Mary
Erzählung
Diogenes Hörbuch, 3 CD, ungekürzt gelesen von Wolfram Berger

Hugo Loetscher im Diogenes Verlag

Hugo Loetscher wurde 1929 in Zürich geboren. Er war seit 1969 als freier Schriftsteller und Publizist tätig und bereiste regelmäßig Lateinamerika, Südostasien und die USA. Hugo Loetscher war Gastdozent an verschiedenen internationalen Universitäten und Mitglied der Darmstädter Akademie für Sprache und Dichtung. 1992 wurde er mit dem Großen Schiller-Preis der Schweizerischen Schillerstiftung ausgezeichnet. Er starb 2009 in Zürich.

Wunderwelt
Eine brasilianische Begegnung

Herbst in der Großen Orange

Der Waschküchenschlüssel oder Was – wenn Gott Schweizer wäre
Geschichten
Auch als Diogenes Hörbuch erschienen, gelesen von Emil Steinberger

Der Immune
Roman

Die Papiere des Immunen
Roman

Die Fliege und die Suppe
und 33 andere Tiere in 33 anderen Situationen. Fabeln

Abwässser
Ein Gutachten

Der predigende Hahn
Das literarisch-moralische Nutztier. Mit Abbildungen, einem Nachwort, einem Register der Autoren und Tiere sowie einem Quellenverzeichnis

Die Augen des Mandarin
Roman

Vom Erzählen erzählen
Poetikvorlesungen. Mit Einführungen von Wolfgang Frühwald und Gonçalo Vilas-Boas

Der Buckel
Geschichten

Lesen statt klettern
Aufsätze zur literarischen Schweiz

Es war einmal die Welt
Gedichte

War meine Zeit meine Zeit

Das Entdecken erfinden
Unterwegs in meinem Brasilien. Herausgegeben und mit einem Nachwort von Jeroen Dewulf

Außerdem erschienen:

In alle Richtungen gehen
Reden und Aufsätze über Hugo Loetscher. Herausgegeben von Jeroen Dewulf und Rosmarie Zeller

Alice Vollenweider & Hugo Loetscher
Kulinaritäten
Ein Briefwechsel über die Kunst und die Kultur der Küche